インドネシア現代文学選集 4

少年は夢を追いかける

Andrea Hirata
アンドレア・ヒラタ 著
福武慎太郎
久保瑠美子 翻訳

Sang Pemimpi

上智大学出版
Sophia University Press

「夢を追いかけるんだよ、
神さまはきっと
その夢を抱きしめてくれるから」
――アンドレア・ヒラタ

Bermimpilah
karena Tuhan
akan memeluk
mimpi-mimpimu

Andrea Hirata

目次

Daftar isi

たった一度の人生　5
シンパイ・クラマット　12
ぼくの守り人　21
サファリシャツ　29
その国は北の星空の下にある　37
その日のことはけっして忘れない　45
夢を追う者《サン・プミンピ》たちの冒険　56
入学式　64
努力がむくわれた日　72
映画鑑賞　87
志望理由の作法　100

アライの初恋 111
リンガン川 117
落ちこぼれクラスへようこそ 132
エンザー 137
旅立ち 144
常套句 157
不確実さの理論 164
すばらしき七日間 174
それは父の願い 183
世界のはじまり 193
ロンドン・ロード 206

世界のはじまりへの冒険――『サン・プミンピ』解説　福武慎太郎 210

登場人物

イカル
本書の主人公。鉱山労働者の子で、貧しくとも勉学を継続することを夢見る少年。

アライ
イカルのいとこ。学校一の問題児だが成績はつねにトップの破天荒な男。

ジンブロン(ブロン)
イカルとアライの親友で下宿の同居人。馬への執拗な関心を抱きつづけている。

ムスタル先生
イカルたちの高校の副校長で、数学の教師。きびしくもイカルたちに強い愛情を注いでいる。

バリア先生
イカルたちの高校の若き校長。イカルたちの人生に大きな影響を与える。

たった一度の人生

Hidup Hanya Sekali

この島は、とてつもない地殻変動の力で、まるで突きあげられたかのように地の底から誕生した。地面の異様な熱さは、地下で溶岩が煮えたぎっているからにちがいない。上に目を向けると、空を二つに割ったような光景が広がっている。頭上にせまる太陽が、まっくろな雲に閉じこめられた、濃密度の水蒸気を反射している。その下では、朝から太陽の光が、火をはくサラマンダーのごとく桟橋をジリジリと焼いている。そして、ジンブロン、アライ、ぼくの三人は、この港のちっぽけな倉庫に、ネズミのように追いつめられていた。

なまぐさい魚のにおいが冷凍庫からただよっているはずだ。でも恐怖のせいでちっともにおいを感じなかった。ジンブロンはぜいぜいとあえいでいた。顔色がひどく悪い。アライはもっと悲惨だ。全力で走りつづけたせいで、すでに二回も吐いていた。とにかくぼくたちは最悪な状況だった。

「ボーイ、あの魚の干物《ひもの》の網棚《あみだな》が見えるか？」

アライは壁板のすきまから外をのぞきながら言った。ぼくたちもいっしょに、その板のすきまからのぞき見た。

「その棚を飛びこえて、その脇の屋台《ワルン》に飛びこみ、市場の路地を走り抜け、買いもの客にまぎれてしまえば、もう安全だ！」

その提案を聞き、頭を靴ではたいてやろうかと思った。

「すばらしいよ、アライ！　すばらしすぎて、もうわけがわからない！　ブロン、できると思うか？」

太っちょのジンブロンが泣きそうな顔で言った。

「ぼ、ぼくにはムリだよ……」

それにしても、わけがわからない。たかが学校のもめごとで、どうしてこんなめにあわなきゃならないのか。すべてアライとブロンのせいだ。いつもそうだ。マレー人がよく使う罵詈雑言《ばりぞうごん》のなかから、二人に浴びせるもっとも適した悪態はなんだろうかと考えていると、かすかに靴音がした。壁板のすきまから入りこんでいた光を、複数の人影がさえぎった。最悪の事態からぼくたちを守っているのは、このうすっぺらい壁一枚だ。複数の人影が接近してくる。そしていま、壁のすきまからも、シャツの胸にピンで止められたネームプレートをはっきりと見ることができた。ムスタル先生だ。背中を冷たい汗がつたわる。ムスタル先生はぼくたちの高校の副校長で、学校一おっかない先生だ。そのおそろしい御仁《ごじん》が、ぼくたちが隠れている倉庫のすぐ外に立っている。彼が近くにいると感じるだけで、まるで邪悪な妖気を浴びているかのような、もしくは鋭い刃物を突きつけられているような居心地になった。

「この悪ガキどもお！」ムスタル先生は今朝、式典から姿をくらまそうとするぼくたちとほかの幾人かの生徒を追いかけながら叫んだ。

式典から逃げだすことを提案したのはブロンだった。

「シ、シキテンに出るよりさ、い、いちばの屋台《ワルン》に行って、コ、コーヒーのもうよ！」とブロンは言った。

「そいつは最高なアイデアだ、ブロン！」とアライはすぐさま賛成した。

「おい、かんべんしてくれよ…ムスタル先生に知られたらとんでもないことになる」

「ほんとにおくびょうだな、イカル！　つまらないことというな。たった一度の人生じゃないか！　ほら、行くぞ」とアライが言った。

いったい、それがどういう意味なのか、ぼくはさっぱりわかっていなかった。たった一度の人生、とたしかにみんなが言う。この現実世界でも、映画のなかでも、本のなかでも、だれもが同じことを言う。でもアライがなにかをたくらみ、笑みを浮かべ、誘惑のまなざしでそれを言うと、まるで明日にでもぼくは死んでしまうのではないか、そしてこの最悪な出来事のせいで人生をだいなしにしているかのような気分になった。

「シキテンなんてうんざりだ。こ、こんな暑さのなか、何時間も立ったままで、さ、参加する必要は、な、ないと思うよ」とブロンが言った。いつも、とんでもない提案をするブロン、そしてその計画の実行犯となるアライが、その策を説明する。つまり式典が終わるころまでに戻ってきて、そしらぬ顔でほかの生徒にまぎれこめば問題ない、と。

「たくさんの生徒がいるんだ。わかりっこないさ」

残念ながらそのアイデアは、生徒たちの浅はかな考えを熟知していたムスタル先生にすぐにバレてしまった。そして先生は守衛を引きつれて、ぼくたちを市場まで探しにやってきたというわけだ。現行犯での捕獲を望んでいるにちがいない。もしそうなれば、いつも彼がおどしているように、ぼくたちは退学処分にされてしまう！

魚の干物の棚を飛びこえて脱出するというアイデアは取り下げ、すぐさまアライは別のとんでもないアイデアを思いついた。それは魚の冷蔵庫のなかに身をひそめるというものだった。まるで気が進まないが、倉庫のなかを先生が探索しはじめるのは時間の問題だ。もしそうなると一瞬にして見つかってしまう。しかたなく、アライとブロンにつづいて、ぼくは冷蔵庫に入った。冗談抜きで、そのにおいはひどいものだった。しかし間一髪、倉庫のドアがギィと開く音がした。

「だれもいないようですよ、先生」おそらく守衛さんの声だ。ドアが閉まり、足音が遠のくのが聞こえた。

ぼくは生きた心地がしなかったが、アライとブロンは口を押さえて笑っていた。彼らにとってこの惨事は最高の冒険なのだ。これが何度目だったか、ムスタル先生をふたたびあざむくことに成功したのだ。
その日はそのまま学校をサボることにした。もしクラスに戻ったら式典をすっぽかしたことがバレてしまうからだ。翌日、ぼくたちは首筋や顔にしっぷを貼って登校し、ひどい皮膚病に感染したかのようにふるまった。ぼくたちは親からの手紙を持参した。手紙は病気で欠席したことを伝えるものだった。もちろんそれはアライが捏造《ねつぞう》したものだ。

Ω

アライはどこにでもいそうな平凡な顔をしている。彼のような顔の男は、駐輪場の係員とたった200ルピアをめぐり口論をしている。あるいは、質屋のベンチに腰をかけ、質草《しちぐさ》に値がつくのを待っている。その質草はおばあちゃんの遺品である変色した古い銅製の皿だ。もしもサッカーの試合を観戦していたら、アライのような顔をした男が、控えのベンチに座っている。もし議員候補がTシャツやサンダルを配布していれば、アライのような男は、真剣な顔をして「かならず投票するよ！」と約束しているだろう。砂糖とコーヒーを配るほかの候補に対しても、同様の約束をしているにちがいない。もし突然、政府が乾癬《かんせん》の患者に支援を約束したら、アライは疥癬《かいせん》にかかる。その支援が回虫《かいちゅう》対策のためならば、アライは突然、栄養失調症になるだろう。

警察が自転車の窃盗犯を逮捕したら、アライのような顔の人間もいっしょにピックアップトラックの荷台に乗せられてしまう運命だ。警察に足を蹴りあげられ、抱えられて乗せられるだろう。もしもテレビを見ていたら、アライのような顔をした男がカメラに映りたくて、大臣の背後で飛びはねているのが見えるだろう。

アライの顔は、お世辞にもかっこいいとは言えない。といってもブサイクというわけでもない。しかし容姿の問題は、彼がほほ笑むとたんに変わる。ほほ笑むと彼はいつでも別人に生まれ変わる。アライの容姿は、いわゆる人好きのする顔、と言っていいだろう。彼はいつも笑みを浮かべ、感じの良さをふりまいている。

アライと一度でも話してみれば、だれでも魅了されてしまう。冗談を言い、彼は笑う。彼が笑うと不思議なものでこっちまでつられて笑ってしまう。でもなによりも特別なのは、彼の目だ。アライの目は、けっして孤独ではない、彼の魂を映しだすスクリーンだ。

アライとムスタル先生は、数学をつうじて不思議でぎこちない縁で結ばれている。ムスタル先生にとってアライは、もっとも手に負えない生徒であると同時に、もっとも数学の才能あふれる生徒だった。数学はまさにぼくたちの高校でもっともおっかない先生であるムスタル先生の担当教科だ。

先生は以前、ぼくにこう言ったことがある。二十五年間教えてきたなかでアライほど数学ができる生徒はいない、と。同時にムスタル先生は、二十五年教えてきたなかで、アライほどお調子者で手にあまる生徒はほかにいない、とも言った。というわけでアライは、ムスタル先生にもっとも嫌われている生徒であり、もっとも好かれている生徒でもあるのだ。

その数学についての稀有《けう》な能力から、アライは数学者か、統計学者、物理学者、化学者、もしくは工学、機械、電気など技術系の開発者にでもなりたいのかとぼくは想像していた。しかし、どうやらぼくの想像はかなりまとをはずれていたようだ。

「アライの将来の夢はなんだ？」

「オレの夢は〝夢を追う者《サン・プミンピ》〟さ、イカル。〝ドリーマー〟だ」

ぼくは意味がさっぱりわからず、あぜんとした。

（――〝ドリーマー〟になるだって⁇　それはいったい、どういう意味なんだ？　そのような将来の夢なんて、一度もだれからも聞いたことがない。彼が読んだ物語のせいでそんな突拍子もない発想を得たのだろうか？）

「きょうからオレのことを〝夢を追う者《サン・プミンピ》〟と呼んでいいぞ！」と言ってアライは愉快《ゆかい》そうに笑った。

そのときは、アライの言っていることの意味を、ぼくはちっともわかっていなかった。でものちに、時とともに、彼はぼくの人生で出会った最高の夢を追う者《サン・プミンピ》であることを知り、すっかり心を射抜かれてしまうことになるのだ。

シンパイ・クラマット

Simpai Keramat

　実は、ぼくとアライには血のつながりがある。彼の祖母と、ぼくの母方の祖父は実の兄弟だった。なので、ぼくたちは遠いいとこ同士だと言える。しかし、まだ六歳だった小学一年生のときに彼は不幸に見舞われた。妹の出産の際に、アライの母親が亡くなったのだ。アライの父親は、血まみれの女の赤ん坊を抱いたまま冷たくなっている妻の遺体のそばで震えていた。生まれたばかりの妹も母親といっしょに死んだ。

　そしてアライは父親と二人になった。悲劇はふたたびアライが十歳のとき、小学校を卒業したばかりのときに訪れた。父親も亡くなったのだ。アライはひとりになった。

　ある昼下がり、漁師と名乗るある男がうちを訪ねてきた。その漁師は、サトウキビ島のある教師の伝言を預かっていた。卒業したばかりのアライという彼の元生徒が、父親が亡くなり孤児になったということだった。その漁師から、ぼくたちは、アライの母親と妹のこともはじめて知った。そしてアライはサトウキビ畑の掘ったて小屋で、ひとりで暮らしている。

どうやらその先生はアライに親せきはいないのかたずねたらしい。アライはかつて父親から、ブリトゥン島の東の村に、遠い親せきがいることを聞いていた。アライは父親が教えてくれたその親せきの名前を覚えていたのだ。

その親せきとはぼくたちのことで、アライの父親が教えたのはぼくの母さんの名だった。その漁師はぼくたち家族のことを見つけ、教師からの伝言を持ってやってきたというわけだ。

「シンパイ・クラマットよ！　つまりその少年はシンパイ・クラマットになったのよ。できるだけ早く迎えにいってあげなきゃ！」と母さんは言った。

その親族の家系で最後のひとりなのだ。両親はひとりっ子で、その祖父母もすでに他界していた。マレー人は一族最後の生き残りをシンパイ・クラマットと呼ぶ。

その日は、サトウキビ島に向かう船便はもうなかった。その翌日の早朝、ぼくと父さんは桟橋からその島へ向かう船に乗りこんだ。

日がだいぶのぼったころ、目的地の桟橋に到着した。その桟橋はなかなかにぎわっていた。忙しそうに人々はサトウキビやコプラ[1]を船に積みこんでいた。漁師に教えられたとおり、ぼくたちは桟橋からサトウキビを運ぶトラックに乗りこんだ。トラックの荷台には老若男女がひしめいていた。彼

[1] ココヤシの果実の胚乳を乾燥したもの。主に東南アジア諸国や太平洋諸島で生産され、住民の貴重な現金収入源となっている。

らの持っている道具から、サトウキビ畑の労働者であることがわかった。

道の途中で、ぼくたちは広大なサトウキビ畑を見た。こんな遠くの人里はなれた場所に、自分の親せきがいるという事実にあらためておどろいた。しばらくすると、木の皮の壁とかやぶき屋根の小さな家々が見え、さらにココヤシ、サトウキビ農園、そして森と畑が見えてきた。

ぼくたちは板の壁でトタン屋根の、時代に取り残されたかのような、細長くガタついた建物の前を通りすぎた。その建物の前には看板に「サトウキビ島小学校」と書かれていた。その学校を見るとぼくは虹の少年学園《ラスカル・プランギ》のことを思いだした。ぼくたちの学校と同様に、教室の壁は下半分しかないため、教室で勉強している生徒や教えている教師の姿を見ることができた。

学校を通りすぎたあと、労働者たちにどこの畑で降りればよいか父さんがたずねた。一時間ほどトラックにゆられ、ようやく目的地に着いた。ぼくたちはトラックから飛び降り、運転手と労働者たちに礼を言った。

父さんとぼくは、長く手入れされていないようなサトウキビ畑の前で、ぼう然と立ち尽くした。ぼくたちの前にはサトウキビの葉でおおわれた細い道が延びている。その道の先に、畑のなかに小屋らしきものが見えた。ぼくたちが立っている道沿いからかなりの距離、おそらく百メートルほどの距離があったため、はっきりと見ることはできなかった。でもその小屋の前のイスに座っているのが小さな子どもであることはわかった。

その子はすぐさま立ち上がり、ぼくたちをじっと見た。ずっとぼくたちのことを待っていたのかもしれない。父さんとぼくは、生い茂る雑草とサトウキビの葉をかきわけながら歩を進めた。その少年は、大きな笑みを浮かべてぼくたちを出迎えた。少年は父さんの手に口づけをし、そして力強くぼくの手をにぎった。

「アライです」アライは、まるでぼくたちがやってくるのをずっと待ち望んでいたかのようにうれしそうに名乗った。ぼくは彼がはだしで、ボタンのそろっていないボロボロの衣服を着ているのを見て、悲しくて息を呑んだ。彼はやせていてぼろぼろだったが、目は力強く、勇気に満ちており、ぼくの心は揺さぶられた。(——君はそのシンパイ・クラマットなのか?)心のなかでぼくはたずねた。

(——君が、君の一族の最後の生き残りなのか?)

ぼくたちは小屋のなかに入った。ぼくと父さんはテーブルに向きあって座った。小屋のなかを見まわして、すべてがもの悲しく見えた。風で窓がきしむ音、そして虫の鳴き声が哀しげに響いていた。

アライは黒くすすけたポットをテーブルまで運び、二つの空き缶にお湯を注いだ。もともとなにが入っていた缶なのか、わからなかった。

「湯はまだあたたかいよ。二人がやってくる時間がわかっていたみたいに、たったいま沸かし終えたところなんだ!」アライは満面の笑みを浮かべて言った。胸がきゅっと痛くなった。マレー特有の彼のなまりがおかしみを誘い、同時に切ない気持ちになった。父さんは小さくため息をついた。父さんもぼくと同じ気持ちだったのだろう。「ごめんなさい、お湯しかなくて」

ぼくたちは飲んだ。父さんはアライをじっと見つめていた。たくさん聞きたいことがありそうだったが父さんはだまっていた。準備ができたらすぐに出発しようと父さんは言った。アライの笑顔はさらに大きくなった。なにをどう準備するべきなのか、とまどっているかのように小屋のなかを歩きまわった。

アライは、ボロボロの衣服と表紙のない数冊の本、礼拝用のカーペット、結婚式のときの父母の写真と思われる、モノクロ写真の入った小さなプラスチック製のフォトフレーム、そして自分でつくったおもちゃを穀物袋に入れた。ぼくがもっとも心を痛め、父さんの目に涙があふれそうになったのは、マレーの女の子用のアクセサリーで、麻縄とヤシ殻でつくったネックレス、木製のブレスレット、木の実でつくった指輪を袋に詰めこんでいるのを見たことだった。おそらく生まれるはずだった妹のためにアライ自身がつくったものかもしれない。もしくは妹が死んだあとにつくったのかもしれない。

アライは袋の口を閉じ、棚に置いてあったエンピツと小さな木製の折れた定規を手に取った。エンピツは耳にひっかけ、定規は腰のベルトに挟んだ。アライは振り向き、姿勢を正した。

「準備できたよ、おじさん」

ぼくたちはラワンの木の皮の壁とかやぶき屋根の小屋をあとにした。押し入る者などいるはずもないので、ドアも窓も開け放したままにした。盗まれて困るようなものは残っていなかった。アライは、最後に自分の家を見るためにうしろをふりかえった。無表情で、その表情からなにも読み取ることはできなかった。そして急いで前を向くと、勇ましく歩きだした。こんな小さな子どもが、自分を強くする術《すべ》を学んできたのだ。

ふたたびぼくたちはサトウキビを運ぶトラックの荷台に乗った。小学校の前を通りすぎるとき、アライはしばらくのあいだ建物を見つめていた。そしてぼくのほうに向き直し、ほこらしげにあれがぼくの学校だよと言った。遠い親せきの身に降りかかった災難を思うと胸が苦しくなり、ぼくは無口になった。ぼくにとって、この少年の人生はぶ厚い悲しみの本のようで、あまりに苦しくて最初のページを読み終えることもできない気分だった。父さんは積みあげられたサトウキビの上に座り、アライを見るに忍びなくて顔をそむけ、空の高い雲を見上げていた。

ぼくとアライは、石ころだらけの寂しい道をたたきつけるように走るトラックの荷台のすみに肩を並べて座った。ときどき、アライをちらりと見た。彼はぼくより少しだけ年上だったが、はるかにおとなびて見えた。とても澄んだ目をしていた。ぼくの頬《ほお》を涙が伝った。アライが妹のアクセサリーを袋に詰めこんだときの光景が、どうしても頭から離れなかった。涙がこぼれるのをこらえることができなかった。アライはぼくに体を寄せ、なぐさめるように肩を抱きしめた。その行為がよけいにぼくの涙を誘った。ふと父さんを見ると、ちらちらと様子をうかがっていたその顔ははれぼったく、目はサゴの実のように赤かった。

悲しみにくれるぼくを見て、てっきりアライも悲しくなっているかと思った。ところが、彼はむしろほほ笑みながら、穀物袋にゆっくり手を入れた。まるで秘密道具を隠し持っているかのような表情だ。

「イカル、見てごらん」と言う。

袋から不思議なかたちをしたおもちゃを取りだした。それを見てさらに悲しくなった。そのおもちゃをアライがひとりでつくり、サトウキビ畑の真んなかで、ひとりで遊んでいるのを想像してしまったのだ。ぼくは号泣した。だが、どんなに心が痛くてもその不思議なかたちをした物体に興味がわいた。

それは細かく引き裂いたサトウヤシの葉でつくったコマのようで、葉先に穴を開け木の実をくくりつけていた。見たところヘリコプターのようなかたちをしている。このサトウヤシの葉の部分になにかしかけがあるようだ。アライが勢いをつけるために、その物体を回転させるアライの手技にぼくはすっかり魅入ってしまった。何度かまわしているうちに、軸の役目を持つ大きな葉がそり返り、アライの手を離れた瞬間、反動でコマはくるくるまわりだした。さらにおもしろいことに、木の実どうしがかちかちとぶつかり、リズミカルな音を立てはじめた。ぼくは興奮してつい声をだして笑った。アライの目はきらきら輝いている。

「やってみるかい、イカル」アライはそのコマをぼくに渡した。ぼくはアライのやり方をまねてコマをまわした。ところが、突然勝手に強くまわりだし、葉が折れ、木の実が顔に向かって飛んできたのでおどろいてしまった。強くまわしすぎて、こわしてしまったのだ。アライはぼくを見てけらけらと笑った。おどろきから覚めやらぬぼくをよそに、ふたたびアライは穀物袋に手を入れた。

「ほかにも見せたいものがあるんだ、イカル！」

ぼくはますます魅せられていた。ぼくをなぐさめることができてアライはうれしそうだった。でもぼくはさらに悲しい気持ちになった。なぐさめるべき立場はぼくのほうではないのか？　今度は、メダンの木からつくられた穴の開いた小さな箱を取りだした。マレー人がタバコをしまうのに使うものだ。思いもかけないことに、箱は二つに分かれていたが、そのつなぎめがまったく見えなかった。アライはゆっくり開けた。なかを見てぼくは目を大きく見開いた。

「あ、ヤシゾウムシ《kumbang sagu》！」

ヤシゾウムシは、つかまえるのが難しい昆虫だ。もしも飼ってココヤシなどのくずを食べさせれば、スパルタの勇者の盾のような光り輝く羽を持つこの虫をなつかせることができる。腕にヤシゾウムシをはわせるアライを、ぼくはまばたきもせずに見ていた。魅力的なその虫は飛びたがり小さく飛びはねた。アライは小さな虫をなでると、優しくつかみ、空へとはなった。トラックの上の強い風に吹かれ、しばらくのあいだ、ヤシゾウムシは羽をばたばたさせ浮いていたが、そのうちに独立を祝うように旋回し、道の端にある茂みに突っこむように飛んでいった。

アライは荷台の前へ移動した。船首に立つように、そこで立ち上がった。ゆっくりと両手を広げ、顔に風が吹きつけられるままでいた。彼は目いっぱい笑っていた。これまで彼をとらえていた悲しみから、みずからを解き放つと決めたようだった。すべてを受け入れ、運命に立ち向かおうとしていた。すでにはずれかかっていたボタンが取れ、アライの着ているシャツがヤシゾウムシの羽のように羽ばたきゆれた。大空を舞うワシのように体を動かした。

世界よ！　われを迎えよ！　われこそは一族最後の末裔《シンパイ・クラマット》、おまえに会いにきたぞ！

彼はそう言いたかったにちがいない。父さんはアライを見てほほ笑み、ぼくは力いっぱい笑いたかったが、それと同じくらい力いっぱい泣きたかった。

ぼくの守り人

Pembela

父さんはまっ正直で、きわめて物静かなひとだった。この世界には悪い人間などほとんどいなくて良い心の人々であふれている。悪い人間はごくひとにぎりで、いたとしてもどこか遠くの見知らぬ土地の者だ。そんなひとにぎりの悪い人間も、生まれながらに悪いのではなく、子どものころのつらい体験によって仕方なくそうなったのだ。だから彼らは罰せられるべきではなく、助けを必要としている。父さんはそんなふうに考える人間だった。

父さんはあまりに物静かなので、父さんと母さん二人きりの家は、父さんが唯一の観客で、母さんのひとり舞台になる。ぼくの兄たちはすでに所帯を持って、このスズ採掘労働者の村のあちこちに点在して暮らしていた。

ほぼ一日中、父さんの近くにいても、その口からはひとことも発せられない日だってある。父さんが話した言葉の数が指の数に満たないことも週に何度かある。ときどき、ふと考えることがある。なぜ父さんはそんなに無口なのだろう？　なにか自分に課した試練なのだろうか。それともなにかのつぐないをしているのだろうか？　たとえば過去に、言動に関するひどいことが父さんに災いをもたらしたのかもしれない。または、言葉は罪であるという宗教の教えを文字どおり理解していたためなのかもしれない。

そういうわけで、小さいころからぼくは、父さんとは言葉を用いることなく話すことに慣れていた。父さんの唇がしっかりと閉じ、眉をひそめ、両耳がぴくぴく動くとき、それはつまり、静かにしなさい、むこうで勉強するか本を読んでいなさい、と言っているのだ。これに行ったり来たり歩きまわる動作が加わるとその意味は、おい、いいかげんにしないか、いったいなにがしたいのだ？　となる。それでもぼくが言うことを聞かないとき、父さんはだまってぼくに近づき、頭に三度息を吹きかけるのだった。

ひたいにしわを寄せ、表情がこわばり、口がもぐもぐと動いた場合は、クルアーンはもう読み終わったのか？　である。もし口をすぼめて少し突きだし、小走りでちょこちょこと歩きまわると、アヒル小屋のとびらを閉めわすれないように、となる。

ぼくたちの家族の無音の言葉の倉庫には、こうした数十種類の父さんの表情や身ぶり手ぶりが保管されてある。その無音の言葉のレパートリーを熟知しなければ、父さんとコミュニケーションをとることは難しい。三十年以上つれ添った母さんは、おどろくほど込み入ったことまで理解することができた。たとえばコーヒーを飲むときのコーヒーの粉と砂糖の分量も、父さんの眉の上下だけで判断することができる。好物の魚をどのように調理するのかは――たとえば塩焼きにするのか、ガンガン・スープ[2]なのか――、父さんの座り方でわかるらしい。

このように、父さんの表現は独特なので、慣れない人には面倒だ。けれどもしだいに、これが父独特の魅力にもなるのである。しまいにぼくたち家族は、父さんが少しでも言葉数が多いとかえって居心地が悪いと感じるようになった。ぼくたちは父さんと会話する術《すべ》、すなわち声を発さないで会話する方法を楽しんでいるからである。

ぼくが好きな父さんの表情のひとつは、うっすらと唇を開き、目を輝かせながらぼくをじっと見るときである。それはぼくのことを過剰にほめすぎないように、ぐっとがまんしているときの表情だ。ぼくが熱心に勉強をしている姿を見たときの表情だ。ぼくは、いつもその表情を見るのがうれしかった。なぜならそれこそが、貧しい父さんが、ぼくの勉強を応援する唯一の方法であることを、ぼくはわかっていたからだ。

父さんはぼくの学習にアドバイスをすることはできなかったし、宿題を手伝うこともできなかった。父さんは一度も学校にかよったことがなかった。彼は一枚の卒業証書も持っていない。父さんは文字が読めなかった。スズの掘削船の労働者として父さんが勤務するティマー社の、給与および米配給カードに記載された学歴欄には、ただNと書かれていた。意味はNihil《ゼロ》、すなわち学歴なしという意味だ。

[2] ブリトゥン名物の魚の入った黄色いスープ

教育についての父さんの考え方が変わったのは七年前、虹の少年学園《ラスカル・プランギ》の校長であるハルファン先生が父さんを訪ねたときだ。ある夜、ハルファン先生が家に来て、ぼくを学校に行かせるよう父さんを説得したのだ。以前は、ぼくたちの村のほとんどの親と同じように、教育は貧しいスズ採掘労働者の子どもたちのためのものではないと父さんは思いこんでいた。

「教育を受ければ、子どもたちは教師、国家公務員、弁護士、国勢調査官、農業普及員、ラジオアナウンサーなど、なんにでもなれる可能性があるのです」とハルファン先生は父さんに言った。息子の運命が、ぼくたちの村のほとんどすべての子どもの運命、つまり労働者になる運命とは異なる未来があると聞いて、父さんはおどろいた表情をしていた。

ハルファン先生の言葉をとおして、教育は新たな希望として、父さんの心の奥深くにすとんと落ちたようだった。父さんはぼくに学校に行くことを許してくれて、その代わりにぼくはその特別待遇にむくいようと、けん命に勉強した。多くの家庭ではスズ採掘現場で働くように父親がすすめ、ほとんどの男子はそれにしたがうことを知っていたからだ。

たとえ見守ることしかできないとしても、できるかぎり支援しようとする父さんの姿勢は一貫して変わらなかった。ぼくが勉強しているあいだ、うす暗いオイルランプの下で、父さんはぼくのうしろに座り、網を織っていた。夜遅くまで勉強していても、父さんはそこから動かなかった。それは、つねにクラスで一位を取りたいとぼくに思わせるに十分すぎるほどだった。

そしていま、父さんには、勉強につき添うべき同学年の息子が二人になった。つまりぼくと、アライだ。ぼくとアライは、テーブルの上に置かれた針と、その下から動かす磁石のような関係だ。アライが磁石で、ぼくが針だ。ぼくはアライがすることになんでも興味を持ち、アライが行くところにはどこにでもついて行ったからだ。

アライがうちにやってきて、家はにぎやかになった。アライはとてもユーモアがあって、サトウキビ島での手に汗にぎるような体験談をたくさん持っていた。灰皿のように寡黙な父さんでさえ、思わず笑みを浮かべ、しまいには腹をよじって大笑いさせるほどだった。そんなことは父さんにとってまれだった。ぼくの人生のなかで、父さんが腹をよじって笑うのを見るのは、それがはじめてだと言っても過言ではない。そこでアライに、どんな話をしたら父さんがそこまで笑ったのかと聞いてみた。アライは、サトウキビ島で飼っていた、ハトのように飛ぶのが得意だったアヒルについて話をしたのだと言った。そのことがどうしたらおもしろい話になるのか、長く考えこんでしまった。

「そのアヒルは、まるでハトみたいに木の枝にとまることができるんだ」

とアライは言った。飛ぶことができるのなら木の枝にとまることだってできるにちがいない。

「木の枝にとまったあと、アヒルはそこからまた飛びたったのさ」とアライはふたたび言った。ああたしかに、その話はとてもおかしい。世界一無口な父さんが腹をよじって笑ったのもうなずける。

もしくは父さんはその話がおもしろいと笑っているのではなく、話をするアライのことをおもしろがっていたのかもしれない。その少年は口を開くと、言葉では説明しがたい魔法のオーラを放つのだ。その豊かな表情や抑揚、言葉の選び方、情熱的な語り口、天真らんまんさ、そうしたすべてのポジティブなエネルギーが、たとえどんな平凡な話でも、魅力的な話に変えてしまうのだ。

ぼくにとってアライは、これまでその存在を知らなかった遠いいとこだ。彼もまたぼくのような親せきがいることを知らなかった。子どものとき、母方の親族はマラッカ海峡一帯に広がっているという話をよく母さんから聞いていた。彼らは島から島へ移動するマレー人だ。そして突然、アライが天から舞い降りてきたギフトのようにぼくたちの家族に加わったのだ。アライは、母さんと父さんがずっと望んでいたような子どもで、ぼくの兄たちがすぐに大好きになるような弟で、ぼくがずっと望んでいた兄だった。アライはぼくの兄弟で、親友かつ用心棒であり、時にはぼくの教師にもなった。なぜならぼくたちはクラスメイトだったが、彼はぼくよりもはるかに頭が良かった。アライは虹《ラスカル・プランギ》の少年学園の同級生だったリンタンのように頭が良かった。

マラッカ海峡の海賊退治ごっこをするときは、ぼくはハントゥア[3]役で、アライはハントゥアの親友であり用心棒であるハンレキル役だった。

カポックの木から舞い落ちてくるわたをつかもうと子どもたちが遊んでいると、アライはかならずぼくを肩の上に乗せて、わたをつかむのを手助けしてくれた。午後のあいだアライはぼくを肩車し、疲れを知らずに走りまわりつづけ、ぼくが交代しようと言ってもけっして代わらなかった。自転車に乗るなら、アライはいつも自転車をこいだ。彼はぼくにおとなしく荷台に座っているようにと言った。

ぼくのために凧《たこ》を追いかけ、ぼくのために木のてっぺんにあるデリマの実をとってくれた。グアバの実を素手で割り、いつも一番大きな部分をぼくにわけ与えてくれた。泳ぎや潜水、網で魚をとる方法も全部アライが教えてくれた。目覚めると、ぼくの上着のポケットに赤砂糖のキャンディーや、粘土でできた小さなおもちゃがよく入っていた。アライがこっそりつくってくれたものだった。

ほぼ同い年であれば、競ったり、たがいにより注目を集めようとしたり、なにかをめぐって争ったりすることは当然だと思う。でもアライとぼくとのあいだにはそういうことは一度も起こらなかった。アライが手にしているものがなんであれ、ぼくがいいなあと言ったり、またはなにも言わなくても、うらやましそうにしていると、見返りを求めることなくそれをぼくにくれた。または「心配するな、イカル！　あとでおまえのためにもっといいものつくるから！」と言うだろう。

ぼくはしばしばアライに魅了された。この人生でいろんなものを失った経験が、そのような彼の態度に影響を与えることになったのだろうか。愛する家族である母親、妹、そして父親を失った経験から、なにかを失うことはもはやなにも意味をなさないのだろうか。

そんなわけでアライは所有欲を持たないタイプの人間らしかった。なにかを手放すことをためらったことはないし、もしほかの人が必要とするなら、たとえいま着ている上着であっても惜しみなくゆずるだろう。ただし例外もある。それはメダンの木でできた箱で、以前ヤシゾウムシを飼うのに使っていたものだ。なぜその木箱が大切なのかぼくはたずねた。

「この木箱は、ぼくの父さんがつくってくれたものなんだ。父さんがぼくのためにつくってくれたんだ。父さんがこの世から離れる前に」

それ以来、ぼくはアライと木箱について話題にしたことは一度もない。

サファリシャツ

Baju Safari 4 Saku

そしてすべてが平穏な日常となった。父さんはスズの採掘労働者として働き、ぼくとアライは学校でけん命に勉強し、母さんは忙しく家事をこなしていた。そしてぼくたちの人生において重要な、4ポケットのサファリシャツのエピソードについてだ。

一週間かけて苦労して、ついに母さんは、父さんのためのサファリシャツを縫い上げた。これは特別なシャツだ。というのは、無口で、なにかをさとりきったような、そしてぼくが知るかぎり、人生においてなにかを要求したことのないような父さんが、サファリシャツがほしいと突然言いだしたのだ。どうしてまた旧体制時代の公務員の制服が必要なのか母さんがたずねると、ぼくとアライの成績証の授与式に出席するためだと答えた。

そのサファリシャツは、半袖で前ポケットが四つあるので、〝4ポケットのサファリシャツ〟とぼくは名づけた。おなかのへそを中心に見ると、ポケットはそれぞれ左上、右上、左下、右下に縫いつけられている。素材は茶色のデニム生地だ。その生地は、労働者の作業服のためにティマー社が毎年支給している、厚手で丈夫なものだ。しかし、採掘労働者の家族の創造性にはしばしばおどろかされる。

ムスリムにとっての最大の祝日であるイドゥル・フィトゥリのとき、もし労働者の家を訪ねると、このデニム生地がカーテンになっていたり、テーブルクロスになっていたり、子どもたちのレバランの服になっていたりする。さらに寝具として使用されたり、ぞうきん、またはコウモリから熟したジャック・フルーツを守るカバーにも使用されたりする。そしてぼくたちの家では、デニム生地は〝4ポケットサファリシャツ〟として生まれ変わったのだ。

あまったデニム生地がまだたくさんあったので、母さんはその残りの生地で長ズボンを仕立てた。かなり時間をかけて試行錯誤したのちに、その長ズボンはポケットのないズボンになった。

「おかしいな。どうしてこの長ズボンにはポケットがついてないんだ」長ズボンの試しばきを母さんに求められたときに父さんはたずねた。

「シャツにすでに四つポケットあるでしょう？　もし長ズボンにも左右にひとつずつ、うしろにもひとつポケットをつけたら、全部でポケットが七つよ。お父さん、財布さえ持ってないのに、なんのためにポケットが必要なのよ」

教訓その三十二。女性はつねに男性より賢い。

Ω

　ぼくたちが小学一年生のときより父さんは、成績証の授与式に特別な関心をはらっていた。それも父さんがぼくたちの教育を応援する方法のひとつであることをぼくはわかっている。一年間で彼にとってもっとも重要な二日間、それはムハンマド生誕祭と、ぼくたちの成績証を受け取る日だ。いま、ぼくは中学生になり、父さんはよく、成績証の授与式の招待状はいつ受け取るのかとぼくに聞いてきた。ぼくの父さんは字が読めないことを先生は知っているので、招待状はぼくが受け取ることになっていたのだ。ぼくはそれを受け取るのがうれしかった。父さんが喜ぶのを知っているからだけではない。成績証を受け取る数百人の親のなかから、父さんの名前が四番目に呼ばれるからだ。四番が学年でのぼくの成績順位だった。ぼくは必死に勉強して学年五位以内を維持していた。

　できるかぎりのことを父さんがしてくれているように、ぼくも父さんのためにできるかぎりのことをしたかった。だから、虹の少年《ラスカル・プランギ》学園のころから、ぼくは首席になり校長先生に最初に父の名を呼んでもらうという大きな夢を持っていた。残念ながら、ぼくはいつもリンタンに負けることになった。リンタンはぼくのもっとも優秀なクラスメイトだ。

　中学での最初の学期に、ぼくはとんでもなく頭の良い三人の生徒につづいての四位だった。もっとも優秀な生徒のラマダーンは手ごわかった。実際、どこの生徒でもラマダーンに勝つのは難しい。

成績順位が五位以内の生徒の親は、式典で参加者の拍手かっさいを浴びた。ぼくの成績を受け取るために講堂の前へと進むとき、拍手かっさいを伴奏に、校長先生に父さんとぼくの名前がスピーカーをとおしてくり返し呼ばれる。父さんはうれしそうでほこらしそうだった。ぼくにとっても最高に幸せな日だ。学年一位になりたい。父さんの名前が最初に呼ばれるために。いつその夢がかなうだろうかといつも願っていた。

しかし、それほど長く待つ必要はなかったのだ。二学期にぼくのその夢はついにかなった。ただし一位になったのはぼくではなかった。

アライはいつもぐちゃぐちゃで、おバカで、じっとしていられないんだと言ったら、父さんはあぜんとしていた。それがどんなに危険なことであっても、あらゆるものに手を突っこみ、さわったりいじったり、からかったり試したりするのがアライだ。

「でも、でもアライはとても頭がいいんだよ、父さん！　ああ、アライはとても頭がよかったんだよ！」

父さんは口を開けたままだ。

「テストの点数はぼくよりもずっといいんだよ。ラマダーンの点数よりもさらに上なんだ！」

「ラマダーンよりかい？」

父さんでさえ、秀才で有名なラマダーンのことを知っている。

「まちがいないのかい？」成績でラマダーンに勝った生徒はいないことを知っているのだ。また、熱心に勉強しているのはアライではなく、ぼくであることも父さんは知っていた。夜になるとアライはボードゲームで遊び、ヤモリをおちょくり、ラジオを聞いて笑ったりマレーのはやりの音楽を聴いたりしながら大声で歌っているだけだった。

「最終的な評価はまだで、正式には成績証が配られるときに発表なんだけど、父さんの名前が最初に呼ばれることになるよ！」

父さんの口はますます大きく開かれた。

「つまり、アライは一位になったということか？」

「そうだよ、父さん。アライが一位だよ」

そんなやりとりがあり、ぼくの父さんは、4ポケットサファリシャツのアイデアを思いついたわけだ。

Ω

「ああ、また成績を受け取りに行くのかい」

理髪店の店主でさえ、父さんが散髪に来るのは成績授与式のときだということをよく知っている。

理髪店のすみのベンチに座っているぼくとアライを父さんはほほ笑みながら見つめた。

いつものように、成績証の授与式のために父さんは二日間仕事の休みをとった。その前日に彼は市場の理髪店で散髪をする。その後、翌日に中学校へ行くための自転車の準備をする。自宅から十五キロとそんなに遠くはないのだけど、大切な道中であるためベストコンディションの自転車が必要だと父さんは考えていた。汚れを落とし、みがきあげ、オイルをさし、ボルトもしっかりと締める。

その夜、母さんはタコノキの葉を水に浸した。翌朝、母さんは、ひと晩水に浸したタコノキの葉の水滴を振りかけながら、小さなストライプ柄のハンカチ、ズボン、そして４ポケットのサファリシャツに木炭アイロンでアイロンをかけた。

準備が整うと、父さんは鏡の前にまっすぐに立った。髪はブラシでていねいに整える。ポケットのないズボン、マルチホールのベルト、４ポケットサファリシャツ、すべて茶色だ。ハンカチはきれいに折りたたみ、左上のポケットに収納された。

高床式の自宅の階段で、父さんは夜市のセールで買った白い靴下と白いスニーカーをはいた。そして父さんは庭の自転車に向かって意気揚々《いきようよう》と歩み寄った。一歩足を踏みだすたびに、タコノキの葉の香りがただよった。

その朝、中学校の講堂は満員だった。父さんは、少しうしろの席に姿勢を正して座った。父さんの名前がはじめに呼ばれる可能性が非常に高いことは、ぼくの話を聞いていたので、緊張しているように見えた。でもほかにも優秀な生徒はたくさんいるので、確実とは言えなかった。

ぼく、アライ、そして多くの生徒たちが、窓から講堂をのぞきこんだ。突然、校長が表彰台に上がり、教育と学校の発展について長いスピーチをした。やがて、待ちに待った成績優秀者の発表、待ちに待った瞬間がおとずれた。

校長先生は、今年は優秀な成績をおさめた生徒が多かったとのべた。校長先生はうれしかった。なぜなら学校全体の平均点も上がったので、県内における学校のランクも上昇したのだ。

「首席は本当にわずかな差で決まりました」父さんがますます硬直している姿が見えた。そしてステージに近い生徒たちが、校長先生が最初の名前を読みあげるのを聞いて歓声をあげたのが聞こえた。彼らの歓声が大きすぎてはっきりと聞き取れず、三度か四度くり返されるうちに、ようやくその名前がだれであるのかがわかった。

「アライ・ミフタフディン！　アライ・ミフタフディン！」生徒たちは喜んでいるようだった。アライはだれにとってもお気に入りのクラスメイトだ。

父さんが両手で顔をおおっているのが見えた。そして校長先生が、首席者の成績証を受け取る者、つまり父さんの名前を呼んだ。ぼくにとって、もっとも大きな夢が、この講堂で実現したのだ。アライは窓枠をつよくにぎりしめていた。

参列者が立ちあがって拍手を送るなか、父さんは前へと進みでた。その表情はなんとも言えない。おそらく、学校にかよったことのないスズ採掘労働者の男として、このような名誉にあずかることなど想像したことはなかっただろう。父さんが席に戻るまで拍手はやむことがなかった。

そして、成績順位が五位だったぼくの成績証を受け取るために、ふたたび父さんの名前が呼ばれた。その拍手はさっきよりさらに大きくなる。それはぼくのほうがアライより優れているからではもちろんなく、彼の息子が二人とも成績優秀者となったからだ。読み書きのできない労働者の男として、それは本当に名誉な出来事だった。

その国は北の星空の下にある

Negeri di Bawah Bintang Utara

ひょっとしたら、夫婦と七人の子どもたちが暮らす、せまい部屋にこもった熱気のせいなのか。もしくはひどい暑さのせいで義理の父の声がますます大きくなったせいなのかもしれない。とにかく、ながびいた乾季のせいで、その九月のぼくたちの町はだれもが不快だった。

だれもが家にいたいと思っていなかった。といっても外出するにも娯楽がないのでもっと面倒だった。行きたいと思えるようなカフェやショッピングモールもない。数少ない町の名所というべき中央のロータリーにある時計台は、この四十五年間、故障で止まったままだ。短針が数字の5のあたりで急ブレーキをかけ、長針は12のあたりで息絶えている。秒針は別のだれかと逃げだしたようだ。どこに行ったのかはわからない。

ぼくは偶然など信じない。時計が五時ちょうどに止まっているのは、五時にどれだけ良いものを提供できるかを示すためなのだ。ちょうど仕事を終えて一日をふりかえる時刻であると同時に、翌朝、目覚める時刻でもあるのだ。

こわれた時計台のほか、小さな博物館がある。おそらく人類史上、もっとも小さな博物館だ。特筆すべきは、この博物館の敷地内には動物園もあった。

博物館には、さびた数本の槍《やり》を展示する特別な部屋がある。入室の際にかならず履物《はきもの》を脱ぎ、敬意をあらわすため礼拝しなければならない。どこのだれが残した遺物なのか不明だが、槍の前の箱に小銭を入れたら、寄進者は若さをたもち、生活が少し楽になり、結婚相手にめぐまれるらしい。あやまって槍を指さすような無礼をした子どもたちは、罰が当たらないように人さし指をちゅうちゅう吸わなければならない。博物館の窓からは、動物たちが歩きまわっているのを見ることができる。それが動物園だ。それは世界でもっとも小さな動物園ではないかとぼくは思っている。

週末になるとこの博物館＝動物園は地元の人々でにぎわっている。チケットを一枚買うだけで動物園と博物館のどちらも楽しめるのだ。食の細いやせた鹿、ふんふんと鼻を鳴らすオランウータン、ほとんど身動きしないワニがこの動物園の主たちだ。その年老いたワニは、すぐ近くのマハラニ川の河口で、わざと自分をつかまえるようにと懇願したとかしないとか。おそらく動物園にいれば食べ物をみずから探す必要がなくなることを知っていたのだろう。

それから末期の百日咳に苦しむ老ラクダもいる。ラクダが咳をするたびに、その寿命が短くなっているように見える。シマウマもいるが、やはり年老いている。いつも空中の一点を見つめている。哀愁ただようライオンは、七十歳をこえているとの話だ。ライオンはみずからの人生を憎んでいるように見える。

このひん死の動物たちは、ジャワの動物園から見捨てられ、ぼくたちの動物園がゆずり受けたものたちだ。ぼくたちは引きとったというより、むしろ喜んでゆずり受けた。ぼくたちの住んでいる郡を県に格上げするために、動物園を有していることはひとつの条件だったらしい。ほかの動物園で用済みになった動物たちも、ぼくたちにとっては重要な意味があったわけだ。

そういうわけで、ぼくたちの博物館＝動物園は、低予算で飼育可能な昆虫や爬虫《はちゅう》類、ネズミ、そして年老いた動物たちでひしめいているのである。訪問者のなかには、どこから動物園でどこから博物館なのかとまどう者もいる。

九月末に乾季の暑さは頂点に達する。暑さに耐えられないときは人ごみから離れ、マハラニ川の岸辺に座り、川の流れをながめる。川岸に停泊している、こわれて動かない掘削船《くっさくせん》を見るといつも父さんのことを思いだす。

毎朝二時になると、掘削船の作業員を乗せるトラックが父さんを迎えにくる。トラックのドライバーがクラクションを鳴らす。ぼくもその音で目が覚める。前日の夜に母さんが準備した食事の入ったカゴを持ち、父さんは出かけてゆく。部屋の窓から、ほかの作業員たちが父さんの腕をとり、トラックの荷台に引っぱりあげるのが見える。ドライバーはクラクションを鳴らし出発する。その習慣のせいでぼくはいまでも、どこにいたとしても、きまって午前二時にかならず目が覚める。

未明の早朝シフトで父さんが出発するのを見るのがぼくは好きだった。茶色の厚手の生地でできた整備士の作業服を見るのがほこらしかった。ポケットにはさまざまなサイズのペンチとドライバーが差しこまれていた。

トラックは午後五時に父さんたちを乗せて帰ってくる。父さんはすこし休息をとり、日没が近づくとモスクに行き、礼拝が終わると戻ってくる。夜はラジオでマレー音楽を聴きながら、トロール網を編んで過ごす。そして九時には寝床についた。

そんな父さんの日常をぼくは、物心ついたときから見つづけていた。アライがぼくたちの家族に加わるまで、父さんの生活リズムはシンプルで、安定していて、予測可能なものだった。しかしアライの話はいつもおもしろくて、自然とぼくたちはおそくまで起きているようになった。

「先生が、もしわたしたちに伝えてくれなかったらどうするつもりだったの、アライ」と母さんが言った。アライの学校の先生が教えてくれたことで、父さんとぼくはサトウキビ島にアライを迎えにいったのだった。

「ごはんはどうしていたの？」母さんはたずねた。たいしたことない、といった口調で、アライは、食べ物については困らなかったと言った。

「食べるものは豊富にあったんだよ」

森でフルーツやイモ類を見つけ食べることはわけなかったようだ。タケノコの種類、栄養価の高いもの、有毒な植物など、次から次へと列挙することができた。そして鳥や魚をつかまえるためのわなについても能弁に説明した。アライは、森でひとりで生活するためのガイドブック全四十巻を読破しているかのような知識量だ。ホンモノのジャングルボーイだ。

「夜はどう？　こわかった？」ぼくはたずねた。もっとも近い家でも、アライの住んでいた小屋から何キロも離れたところにあった。少し間をおいて、それについてはあまり言いたくないかのように、ほほ笑み目をそらした。

「ねえ教えてよ」ぼくはもう一度たずねた。父親を亡くした十歳の少年が、荒れたサトウキビ畑の真んなかで、毎晩どのように過ごしていたのか知りたかった。

「たくさんの音がきこえる」アライの口調に恐怖のニュアンスがあった。

「どんな音？」

アライはだまったままだ。アライは父さんと母さんに、学校が休みになったら家族の墓参りに行きたいと言った。ぼくは、アライといっしょにぼくも行きたいと言った。

そして、待ちに待った休みがやってきた。はじめての二人だけの冒険の準備ができていた。父さんは仕事のためにいっしょには来ることができなかった。ぼくにとってすべてが完璧だった。

早朝、ぼくたちは港の桟橋にいた。それぞれがリュックサックをかついでいた。ちょうど父さんとぼくが昨年、アライを迎えにいったときと同じ道のりだった。船に乗り、サトウキビ島の港に着き、サトウキビを積んだトラックに乗りこみ、昼近くには目的地に到着した。サトウキビ畑の真んなかにある小屋への道を、雑草をかきわけながら進んだ。

小屋は、ぼくが最後に見たときと同じだった。ただかやぶきの屋根の上に鳥の巣が増えていたのと、虫の鳴き声がさらにけたたましくなっていた。午後、ぼくたちは森のはずれにあるアライの家族の墓参りをした。アライの両親の墓は、木でつくられた二つの短い柱で、小さな墓をはさむように立っていた。真んなかのものが、母親といっしょに死んでしまったアライの妹だということはすぐにわかった。小さなお墓には、Aの一文字だけが刻まれていた。

「妹の名前はAだ。名前はぼくがつけた。Aははじまり(Awal《アワル》)を意味し、終わり(Akhir《アッヒル》)でもある。はじまるまえに終わるなにかだ」

Aという名前の下には、彼女の誕生日が刻まれていた。それは彼女が亡くなった日でもあった。それを見てぼくは胸が苦しくなった。

墓参りからの帰り道、アライは父親がマラリアで亡くなったことをぼくに話した。当時、アライの父親とアライは二人ともマラリアにかかったが、アライの父親は助からなかった。

「マラリアはまだぼくの体に残っているんだ。マラリア原虫は血液内に住みつづけ、けっして離れることはない。いつの日か、思いがけないときに、マラリアはふたたび攻撃をしかけてくる」

マラリアとはそういう病気だとよく耳にする。それが正しいのかどうか判断する知識はない。それでも二度目のマラリア熱で亡くなる人が多いことは知っている。大切な家族全員をうしなったアライにそのことを聞いて、ぼくは息がつまりそうな気分になった。

小屋に戻るとすでに夕暮れで、暗くなりはじめていた。アライは持ってきた灯油でランプを灯した。彼は無言でドアと窓を調べた。そして小屋のすべての入り口に木の棒でつっかえ棒をした。さらにすべてのドアと窓の下にスプーンを柄《え》の部分から差しこんだ。悪霊を追いはらうために鉄を使うことは知っていたが、試しにアライがドアを開けようとすると、スプーンがドアにくっついて止まった。なかなか理にかなっている。

アライのこの一連の行動を見て、ぼくは感じ入らないわけにはいかなかった。ようやく、たった十歳の少年が、小屋にひとりきりで、毎晩なにをしていたのかがわかったのだ。父、母、妹がいなくても、少年は、孤独と悲しみと戦う方法を身につけたのだ。だれに教えられるでもなく、自分自身を守ることを学んだのだ。

夜はゆっくりと忍び寄る。木の皮の壁の割れめからは暗くてなにも見えなかった。深い闇のせいで息苦しさを感じた。夜の闇が深くなるにつれて、この小屋で幼いアライがひとりで寝ていたことを想像しゾッとした。どのようにしてこの恐怖と立ち向かっていたのだろう。

「目を閉じ、耳を閉じて、丸くなって眠るんだ」と、さもないように答えた。

言われたとおりにやってみたが、恐怖心は消えなかった。それは、とりかこむ暗闇や、ひとけのない静寂のせいだけではなかった。夜がふけるにつれて、奇妙な音がさらに騒々しくなった。大木が倒れるような音がするときがあった。一番こわかったのは、人の悲鳴のような音だった。ようやく、アライが語りたくなかった音たちの意味がわかった。

その夜、ぼくはこわくてろくに眠ることができなかった。二日目の夜は、雨季のはじまりを告げる月が南からのぼって喜んだ。日が暮れると月はますます輝いた。深夜が近づくと、アライは小屋の横にあるカポックの木に登ろうと誘った。星を見るためだった。以前はよくひとりで登ったという。

カポックの木の高い枝から、満点の星空にすっかり心をうばわれた。まるで星の川の流れのなかをただよっているような気分だった。

「この北の星空の下でね、イカル」アライは夜空を指さしながら言った。

「川が凍るほど寒い国がある」

ぼくは視線を北の空に向けた。

「あの遠い国は、〝夢を追う者《サン・プミンピ》〟だけが訪れることができるんだ」

その日のことはけっして忘れない

Jumat, 14 April 1989

その後の毎度の学期末においても、成績証の授与式で、父さんの名は最初に呼ばれつづけた。アライは、ずっと首席を維持したのだった。さらに父さんの名前はもう一度、ぼくの成績証を受け取るために呼ばれつづけた。とにかくぼくは死にものぐるいでがんばって、なんとか五位以内をキープしていた。

おどろいたことに、どういうわけか中学三年生になっても、ぼくは五位以内を維持していた。その事実にぼくはあわてふためき、うろたえ、信じられない気分だった。

そしてぼくたちは中学を卒業した。アライはぼくたちの学校史上、もっともやんちゃで、そしてもっとも優秀だった生徒として記憶にとどめられることになる。そしてぼくはその影につねにあった生徒として記憶にとどめられた。卒業式の日、アライは校長先生から小さなカップを受け取った。そのカップを持ち帰れば、まちがいなく父さんはほこらしく思ってくれるだろう。そのカップは自転車の荷台にくくりつけられ、太陽の光を受けきらきらと輝いた。

「父さんはぼくたちに進学をゆるしてくれるだろうか」アライは言った。

「中学を卒業したら、すぐにスズの採掘現場で働かなければならないのかな」ぼくは言った」。父さんはその質問に息を呑むにちがいない。そして次の瞬間、その顔は哀しげに、ぼくとアライの顔を見つめる。より正しくは、貧しいスズの村のマレーの子どもたちを見つめている。子どもたちからそんな質問をされる経験を、ぼくたちの村の多くの大人がしてきたはずだ。

「父さんに負担をかけることはできない」アライは言った。

「父さんがぼくたちに働いてほしいなら、働くだけさ。なんてことはない」

「中学まで学校に行かせてもらえた。それだけでも感謝だよ」ぼくはつづけた。なぜなら、多くの友だちがすでに学校をやめ、働きはじめていたからだ。そして子どもたちはスズ採掘の労働者になり、急成長しているコンピュータや携帯電話業界に資源を供給するべく、貧しい暮らしのなかで泥まみれで働いている。

父さんはほほ笑んだ。ちょうど彼は二人に伝えようとしていた。もし二人が進学するのであればとてもほこらしいことだと思っている。われわれの一族のなかで、はじめて高校まで進学することになるからだ。ぼくとアライは文字どおり飛びはねて喜んだ。なぜなら高校に進学することが許されたからだ！　高校生になる！　すごいことになるぞ！

「つまり父さんは君たちの成績証を受け取るためにさらに遠出をしなければならないということだ」

父さんは大きくほほ笑みながら言った。

その高校は、ぼくたちの村から二十キロ離れたベランティックという小さな町にあった。とはいえ、父さんがそう言ったのは、不平不満ではなく、その反対で、どんなに遠くても喜んで二人の成績証を受け取りに行くよ、という意味だ。

「大丈夫だ。父さんはそのときは三日間の休みをとるから」

すべてが順調だ。その夕方、父さんは一通の封筒を仕事から持ち帰ってきた。表情は輝いていた。父さんはその封書をティマー社の人事課から受け取ったようだった。すでに労働者たちの大規模な昇進計画についてのうわさを聞いていた。かなりの確率で父さんは今回の昇任人事の対象になるだろうとの話だった。人事から手紙を受け取ったとなると確実だ。父さんは文字を読むことができないので、その封筒はいまアライの手にあった。

その書類はいかにも重要そうに見えた。封筒はブラウンで、ぶ厚くしっかりとしていた。おなじみの会社のロゴマーク——交差する二本の鉱物ハンマーのあいだに歯車をはさんだ——があしらわれている。

アライが封筒を開き、手紙を読む。その内容はやはり重要であるらしい。ティマー社の設立百周年を記念し、スズ採掘船の労働者を対象とした大規模な昇進がおこなわれることを伝えるものだった。その対象者のひとりが父さんだった。父さんはあぜんとした。

「すまない、アライ。父さんはよくわからないのだ。そのショーシンてのはなんだ」父さんはたずねた。

「昇進というのは、地位が上がるってことだよ、父さん」アライが答える。

「地位が上がる?」

「そうだよ。父さんとそのほかの従業員みんなの地位が上がるんだ」

父さんはイスに座ったままあっけにとられていた。彼はけん命に事態を理解しようとしていた。父さんは言った。ぼくたちの家族は代々、スズの採掘労働者だが、昇進したものはだれもいない。

「お父さんは十五歳のときから働きはじめ、はじめてそんな話を聞いたのよ」母さんは説明した。

「いまの父さんの役職ってなに」ぼくはたずねた。

父さんは母さんのほうを向いた。母さんはアライを見る。アライはぼくのほうに目を向けた。

「知らないんだ、息子よ」父さんは答えた。

父さんの表情はおどろきから、感動へと変わった。ついに彼と、そのほかの労働者たちの日々がむくわれる日がきたのだと感極まっていたのだろう。労働者の暮らしというのは農民や漁師のそれよりもひどいものかもしれない。採掘労働者は少年のころから働きはじめ、まだ若いうちに衰えてゆく。それだけつねに、本来の力の限界まで働いているのだ。

ティマー社の代表取締役の直筆のサインがなされていることをアライから聞き、父さんは心の底から感動したようだ。

「社長か?」父さんはたずねた。

「そうだよ、父さん」アライはその代表取締役の名前を読みあげた。

「印刷ではないよ、直筆の署名だよ」父さんに手紙を示しながらアライは言った。父さんの口は開いたままだ。

その手紙に書かれていることは、この昇進決定書は、すべての採掘労働者に対し、代表取締役から直接手渡しされることになる。日時は来週、一九八九年四月十四日金曜日、本社前の広場でおこなわれるらしい。この大規模なイベントは、創立百周年の記念行事の頂点にあたる。

翌日から、父さんにあきらかな変化があった。父さんは機嫌がよかった。しかしその上機嫌は、父さんだけではなく、ぼくたちの島の住民すべてがそうだった。島民の九〇％はスズ採掘にかかわっているからだ。

島のいたるところで、人々は今回の昇進について話題にしていた。聡明で、思いやりがあり、先見性のある現社長に代わってから、ティマー社は労働者のことを第一に考えるようになったと、人々は口々に称賛した。

そしてついに島民が心待ちにしていた日がやってきた。早朝、父さんはおなじみの4ポケットのサファリシャツを着て準備万端だった。父さんにとってそのシャツは本当に重要な行事のときにだけ着用するものだった。独立記念式典に参列するよう知事から招待されても、父さんはそれを着ないだろう。

ティマー社の創立記念の祝賀はひかえめに言っても盛大だった。なにせこの百年で、ティマー社の存在は島民の生活の重要な一部となったのだ。従業員の家族もみな、この前例のない盛大な昇進式典に招待されていた。ぼくもアライも喜んで参加した。ぼくは、父さんがこぐ自転車の荷台に座った。アライは自分で自転車に乗りぼくたちのあとをついてきた。道中はティマー社の本社前広場へと向かう人々でごったがえしていた。

ぼくたちが広場に着いたとき、すでに数百人もの労働者が整然と列をなして立ち並んでいた。列は氏名のABC順に並んでいるようだった。昇進と、給与も多少なりとも上がることを期待しているためか、みな興奮ですごいさわぎだった。父さんは急いで自転車を停めた。アライは列の先頭にあるSと書かれた大きなボードを指し示した。その列に並ぶんだよとアライは父さんに教えた。急いで父さんはS列にいる数十名の労働者の列に加わった。ぼくとアライ、そしてやはり数百人はいるだろう、労働者の家族たちも、父や夫、いとこ、孫、息子、義理の親、義理の兄、義理の息子たちの昇進を見届けようと、周囲に立ち並んでいた。まもなく式典ははじまった。Aからはじまる名前の人間は幸運だ。最初に呼ばれるのだから。ステージに上がった進行役が、社長から直接証書を受け取る労働者の名前を読みあげるたびに、その親族は歓声をあげた。あまりに歓声がすさまじいため、進行役は彼らを静めるのに苦労していた。舞いあがるマレー人を落ち着かせるのは本当に難しいのだ！

名前を呼ばれた労働者は、小走りでステージへと向かう。証書を受け取ったあと、われを忘れて飛びはねて喜ぶ者もいれば、呪術で金縛りにあったように硬直する者もいた。多くの者はただぼう然としていた。何世代にもわたり無視されつづけたあと、突如として目をかけられたという感覚は、あきらかに凡庸な労働者たちに深い感銘を与えたのだ。

ぼくは、父さんの名前が呼ばれるのをドキドキしながら待っていた。アライは緊張と喜びが入り混じったような表情を浮かべていた。父さんの名の先頭の文字はSで、ABC順では後のほうなので、緊張しながら待ちつづけた。そして父さんの名が呼ばれたらすぐに飛びあがろうといまかいまかと待ちつづけた。

Rからはじまる名が呼ばれはじめたあと、ついに司会は父さんが立つ列へとやってきた。Sからはじまる名を持つマレー人は冗談ぬきで多いということがすぐにわかった。父さんの前にあと数名というところまで来たとき、ぼくとアライは父さんに手を振った。父さんもぼくたちに手を振った。司会が父さんの直前の人物の名前を呼ぶのが聞こえたとき、ぼくの心臓の鼓動ははげしくなった。その名前はスイルマンだった。こぶしを高く突きあげながら、かけ足で彼は前に進み出た。よほどうれしかったのだろう。

スイルマンのあと、自分の名前、スライマンが司会によって呼ばれるのを父さんは待ちかまえているようだった。しかし彼はその後、おどろいた。次に名前を呼ばれたのは父さんではなく、スディマンという名前で、それは父さんのうしろに立っている人物の名だった。父さんはあっけにとられ、混乱していた。スディマンは歓喜して、父さんの脇を通り抜けステージへと駆けていった。アライとぼくもぼう然としていた。父さんもまだぼう然としていた。おそらく司会が持っている用紙のあいだのどこかに父さんのものがまぎれているのではないかとぼくは思った。スディマンのあとはおそらく父さんの名前が呼ばれるだろう。でも呼ばれなかった。司会はふたたび、父さんのうしろにいるほかのだれかの名前を読みあげた。その後もたくさんの人々の名前がくり返し呼ばれつづけた。

父さんはただぼう然とその光景をながめていた。次から次へと、同僚たちがそばを通りすぎていくのを。彼らの名前が呼ばれつづけたが、それでも父さんの名前を聞くことができなかった。同じ名前が呼ばれたが、それは父さんが働いている部門のそれではなかった。父さんはうなだれた。Zではじまる最後の列になっても父さんの名前が呼ばれることはなかった。

ついには、その広い広場に立っているのは父ひとりになった。多くの人々がなにかをささやきあい父さんを指さしているのが見えた。ぼくの父さんになにが起こっているのか、たずねあっているようだった。おそらく多くは、会社が父さんをなんらかの理由で罰していると受け止めているのだろう。父さんはとても恥ずかしく、混乱し、居心地わるく感じているようだった。無実の父はまだ司会が彼の名前を呼ぶのではないかと待ちつづけていたが、マイクの電源は切られた。さっきまでの喧騒は消え失せ、静寂が訪れた。

父さんは体の向きを変え、うなだれたまま歩きはじめ、広場をあとにした。ぼくは父さんを見るに忍びなかった。胸がしめつけられるような気分だ。アライは涙を流すのをこらえていた。父さんが同僚たちにあいさつしているのが見えた。彼らは父さんの肩を軽くたたいていた。アライは群衆をかきわけ父さんのところまで駆けていった。まもなくアライが父さんの肩を抱きしめながら歩いてくるのが見えた。

ぼくは父さんとアライを追いかけ、ぼくたち三人は手をつないで歩いた。ひとりの男性が近づいてきた。ぼくは彼を知っていた。父さんが乗る採掘船の主任で、父さんの上司にあたるジョアシンさんだ。彼は、事務手続き上のあやまりがあったと父さんに謝罪した。ジョアシンさんによると、学校にかよったことのない、つまり父さんのような卒業証書を持たない労働者を会社が昇進させることはありえない、と社長から言明があったとのことだった。労働者の数が多く、時間もかぎられており、同じ名前の労働者もたくさんいたために、このようなまちがいが起こったらしい。人事課の職員から封筒を受け取ったときも、父さんは職員に自分宛てのものなのかどうか、確認することができなかったのだ。なぜなら父さんは文字が読めなかったからだ。

ジョアシンさんの説明と謝罪を父さんは礼を言って受け入れた。失望も怒りも父さんは示さなかった。そのかわりに父さんは、何千人もの労働者を監督することの大変さに深く同情を示し、たとえ宛先がまちがっていたとはいえ、企業のロゴと社長の直筆のサインの入った美しい手紙をくれたことに感謝の言葉をのべた。父さんの言葉を聞きアライは目に涙を浮かべ、ぼくはもはや流れる涙をこらえることはできなかった。

ぼくたちはようやく帰路についた。ぼくは父さんのうしろに乗って、アライは自転車でうしろからついてきた。父さんは静かに自転車のペダルをこぎつづけた。父さんの気持ちを考えるとぼくは耐えられなかった。大通りは自転車で行き来する人々で混雑しており、警察は交通整理で忙しそうにしていた。本社広場から帰路につく群衆が途切れることはなかった。人々の表情は喜びにあふれ、その喧騒のなかでぼくは寂しい気分だった。

本社広場を出発して最初の交差点で、自転車の集団は小さなグループにわかれ、それぞれの方角へと別れていった。しまいにはぼくたちと同じ方角は数台だけとなった。

数千人の人々の前で恥ずかしさに耐えた父さんがかわいそうで、胸がしめつけられる感覚はいつまでたっても消えなかった。できることなら父さんの痛みを引き受けたかった。その恥ずかしさの身代わりになれたらいいのにと思った。神さま、お願いですから父さんをそのようなめにあわせないでください。無口でかざりっけのないひとりの男にすぎない、人生においてなにひとつ要求したことのない父さんを。

一九八九年四月十四日。この日を、人生でもっとも暗い一日として、ぼくは記憶にとどめておくだろう。一度も学校にかよったことのない、卒業証書を持たない労働者を会社が昇進させることなどありえない、といったジョアシンさんの言葉が、ぼくの耳にこだましている。父さんの自転車の荷台に座っているとき、ぼくはあらためて自分に強く誓いを立てた。どの国にいて、この先、なにが起ころうとも、行けるところまで進学するのだと。

ぼくたちは動物園のある博物館の前を通り、四十八年間止まったままの時計台の前までやってきた。そのこわれた時計であっても、一日に少なくとも二回は正しいのだとだれかが言うのをよく耳にした。でもぼくにとってはそうではない。こわれた時計はこわれた時計にすぎない。

ぼくはその時計をじっと見つめた。この世界に偶然の出来事などひとつもない、ぼくはずっとそう考えてきた。五時ちょうどに時計が止まった理由はただひとつ、朝の良いことと夕方の良いことのすべてが五時に起こるからだ。しかしいまは別のように考えている。この世界が終末を迎える日がくるとすれば、その時間はかならず五時なのだ。

夢を追う者《サン・プミンピ》たちの冒険

Petualangan sang Pemimpi

ひそかに子どものころから決めこんでいたことがある。雨季のおとずれを告げる雨のはじまりが、ちょうど十月二十三日であると、その年の雨季はおだやかで、美しい風景を目にすることができる。でも十月二十三日から一日でも前後にずれてしまうと、その年の雨季は大荒れとなる。予期せぬ大雨におそわれ、洪水や高波に見舞われるのだ。

十月二十三日に最初の雨が降ると、カンナとインドシタンの花がいっせいに開く。成虫になったばかりのトンボたちが、こがね色に染まったチガヤの草原に美しく浮かぶ。ハマユウの花は、年の暮れまでに二度実がなるように芽生えるだろう。アオバトの群れは一段と大きくなり、そのせいで夕方の空は暗くなるほど、南東の沼地に競うように向かうのを目にすることができる。

日中の暑さは、西からの風で運ばれてきた灰色の雲によって追いやられる。冗談を言いあいながら、マレーの女性たちはもう少しで乾きそうな洗濯物をとりこみ、それからララ、リリ、クラット、クルット、クラット、クルットと叫び、ニワトリとアヒルに小屋に戻るようにうながす。男たちはあわてて自転車と干していた乾電池をしまいこむ。

子どもたちは高床式の住居のベランダから飛び降りて、雨を浴びてはしゃぎまわる。雨があがるとぼくたちは、スズを掘った跡にできた池に向かって走る。その池の岸辺で、たがいの肩を抱きあって座り、カモの子たちが列をなして泳いでいる姿をながめる。ぼくたちは雨季が大好きだ。雨季は、まるで天国がぼくたちの村へ舞い降りてきたかのようにすべてを美しいものに変える。

十月二十三日に最初の雨が降り、二月まで雨がつづき、三月の第一週にゆっくりと終わりを迎え、乾季に向けて空がひらきはじめる。そして完全に雨季は終わりを告げる。

それが十月二十三日の最初の雨についてのぼくの理論だ。もちろん根拠のない理論で、科学的に実証することはできない。だからだれにも言ったことがない。しかし、やがてその理論は一種の誘惑に変わる。ぼくはよく、ばかげた論理の上に成り立つものを真実であると思いこむようになった。ぼくと、空と、風と、最初の雨が、ある種のひそかな共謀を結び、この世界ではぼくだけが知っている真実なのだと、自分だけの秘密に喜びを感じるようになった。

こうしたぼくの考えはすべて、舟で暮らしている、ウェー島出身の熟練の漁師から教わったものだ。天気の読み方をぼくとアライに教えてくれたのは彼だった。その漁師は父さんの古い友人だった。ある日、ぼくとアライは父さんに頼まれ、彼に米を届けに行った。そうしてぼくたちは彼と知りあった。どのようにして父さんはウェー島の漁師と友人になったのか。それは父さんの秘密であり、漁師もそれについては語らなかった。

漁を終えると漁師はマハラニ川のほとりの停泊場に戻る。そこには市場のだれかが、獲物をさまざまな台所用品、釣り道具、トロール網、衣類と交換するためにやってくる。取引にお金は介在しない。

人生のサイクルはぼくたちの村ではとても早い。おそらく世界のどの鉱山の村でも同じかもしれない。子どもたちが働いているのは普通だ。小学生はすでに青年とみなされ、働くことができるとみられた。中学生は大人も同然なので、大人の仕事に従事できるとみなされる。にもかかわらず、中学を卒業しても父さんは、ぼくとアライがその漁師といっしょに海に出ることを許してはくれなかった。

「息子たちよ、よく聞いておくれ。ウェー島出身の漁師をのぞいて、小さな帆かけ舟でメンタワイに行く勇気のある者はいないのだ」

ウェー人の漁師と海に出るという考えはとても危険なのだということをわからせようと、父さんはもっとなにかを言いたげだった。しかし、父さんはそれ以上なにも言わなかった。ひょっとしたら自分が無口な人間であると知っていたからかもしれない。口うるさく言うべきではないと考えていたのかもしれない。でも問題はなかった。父さんには代弁者がいた。

「ウェーの漁師は命知らずなの。おかしなひとの行動をまねするものじゃないよ!」と母さんは言った。

父さんは、ぼくたちがウェー人の勇気に触発されないように、慎重に言葉を選んでいたが、母さんはもっと直接的だった。でもダメだと言われるとよけいにしたくなるのはぼくたちだった。とくにアライはしつこく父さんにせまった。いろいろな理由を並べて、ウェー人のような経験豊富な漁師がいっしょなんだから、大丈夫だとアライは主張した。また、星をよみ、航路を探す偉大な漁師が誘ってくれることはまれな機会なのだと言った。高校に入学する前に長い休みがあることも付け加えた。ついに父さんはあきらめ、アライとぼくは歓声をあげた。

翌朝、ぼくたちは漁師の舟に乗った。南東、それがぼくたちの目ざす方角だ。漁師は危険な最短ルートを選んだ。舟はカリマタ海峡の荒れくるう海流を進んだ。せまい海峡で、北のジャワ海と南シナ海がぶつかりあい、はげしい渦に巻きこまれる。たくさんの水泡がくだけ散るのが見える。舟はシタールを奏でるようになめらかに、かつ速くゆれ、甲板を打ちつけている釘は、寒くて震える歯のようにカタカタと音を立てていた。舟は死の入り口へ向けて海面をゆっくりとすべらせた。ぼくの胸ははげしくドキドキしていた。

うず潮の吸引力からようやく解放され、漁師は、胃のなかを全部はきだして青ざめているぼくとアライを見ながらほほ笑んだ。舟はそれからタンジュン・サンバルの海域へと入りこんだ。つまりぼくたちはカリマンタン島までたどりついたわけだ。真夜中に漁師はたいまつに火を灯し、一連の呪文を唱え、ぼくは身をかがめて水面下での微妙な動きを注視した。イトヨリの大群がボートの周囲に集まった。ぼくは力を使い果たすまでそれをすくいあげた。イトヨリたちはたいまつの灯りに引き寄せられてくるのだ。アライとぼくは漁師のすごさに圧倒されていた。

父さんはぼくたちが無事に家に帰るのを見て、喜んだ。もはや寡黙な父さんには、ぼくたちが漁師と海に出るのを止める術《すべ》はなかった。翌週、漁師はノコギリザメ漁に連れていってくれた。寒冷の夕スマニアのベロナリーフから、暖かいクアラ・トゥレンガの海に向かうサメたちの群れを、その回遊ルートで待ちかまえた。その灰色の巨体どもが想像よりもはるかに大きいことがわかり、標的が近づくにつれ、ぼくの鼓動は高まった。彼らは海の象のようだ。フジツボが付着した胸をたたきつけるたびにはげしい水しぶきが降り注いだ。

震える手で銛《もり》撃ち銃のレバーをにぎりしめ、舟よりも立派なサメにねらいを定めた。ぼくはレバーのスプリングを踏んだ。ロープをくくりつけた銛が銃身から飛びだし、大きなサメの背を刺した。その海の支配者は、牛の首をへし折るワニのように体を回転させた。

「気をつけろ、イカル！」アライは叫んだ。

ぼくがにぎりしめていた銛の結びめが引っぱられ、ぼくは空中に投げだされ、海へと落ちた。漁師はぼくを助けようと飛びこんだ。銛のロープをたぐり寄せ、その大きなサメを逃したくなかったのでぼくは耐えた。これがぼくの最初のサメ漁、ぼくのプライドをかけた漁だった。ぼくは猛《たけ》りくるったサメに翻弄されていた。漁師は腰からナイフを抜きだし、銛ロープを切り刻んだ。ぼくは息を切らして海面に飛びだした。漁師はぼくのところへ泳いでやってきて、服の襟《えり》をつかみ、舟に引っぱり上げる。

舟の上で、漁師は鋭いまなざしでぼくを見つめた。ぼくの心を読もうとしていることがぼくにもわかった。ぼくは顔を上げ、包み隠そうとはしなかった。

その夜、漁師はぼくとアライに舟を託してくれた。

「おまえたち二人で舟を操ってみるといい」と挑むように彼は言った。ぼくたちはぼう然と海をながめた。見渡すかぎり眼前に広がる海、すべての方角が海だ。どうやってこの小さな舟を自分たちだけで操り無事帰ることができるというのか？

「もし方角を見あやまると、ニュージーランドのハウラキ湾まで漂流することになるぞ。干し魚のようにカラカラに乾いて死んでしまう」

ぼくとアライは、方位磁石なしで方向をあれこれ考えたが、結局なにひとつ判断することができなかった。ぼくたちは困惑し、お手上げだった。漁師はぶつぶつと文句を言っている。その知識で支配する瞬間を十分に楽しみ、ぼくたちが降参するまでただだまっていた。ついに彼は夜空のある方向を指さした。

「あの四つの星が見えるか？」

四つの明るい星が台形のようなかたちで、きらめくのを見ておどろいた。「あれはカゴ罠《わな》座[4]だ。すなわちその方角は東だ」と彼は言った。ゆっくりと舵を切った。東がどの方角かがわかると、南西はもうあきらかだ。ぼくたちが帰るべき方角だ。その夜はひと晩中、ぼくはカゴ罠座を見つめていた。地球の自転のため、星座は空を上るようにゆっくりと動く。ちょうど真夜中、カゴ罠座が頭の真上に見えたので、ボートを北東に向けた。

[4] マレー社会ではオリオン座のことを、ネズミとりなどの罠（わな）に使うカゴ（Belantik）と呼ぶ

「あのうすい雲を見ろ」と漁師は北の空を指して言った。何百万もの白い薄片の雲が、途方もない力ではらいのけられたように浮かんでいた。きらめく雲のうしろが月明かりを屈折させた。

「あの雲はガスパール海峡を一日中襲ったハリケーンの尾だ」

なんという美しさだろう……。

「南東のうろこ雲は、ボラの卵がまもなくかえることの予兆だ」

ぼくは漁師の豊富な知識にすっかり魅了された。

「このかすかな風を感じることができるか？」漁師は寒いと感じているかのように、自分の腕をかかえるようなしぐさをした。

「これは南風ではない。東風だ。まだ六月だが、南モンスーンの季節は終わったようだ。つまり今年は東風の凪《なぎ》の季節が長くなる」

漁師は起きあがってストーブから薪《たきぎ》を引きあげた。

「みろ」と彼は言い、空の星座を指して、火種で円を描き、その円を均等に分割した。「天秤座、乙女座、獅子座、夏の最初の太陽、双子座、種まきの季節」

なんとも興味がわいてくる！

ぼくはストーブの下に薪を戻した。

「おまえたちが星をよむことができるようになれば、夜空はたくさんのことを語ってくれる」と漁師は毛布を自分のからだにかぶせながら言った。

風が帆を広げ、舟は夜の闇を突き抜け、夜明けに向かって、霧につつまれた形のようにかすかに見えた。あれはぼくたちの島だろうか？　もしくは舟は別の島に向かっているのか？　三羽のタカが舟の上空をすばやく舞った。おそらく彼らは、海岸を囲むマングローブの森の向こう側の草原でまだ眠っているスズメの群れをねらっているのだろう。ぼくたちは無事に帰ってこれたのだ。

ノコギリザメ漁の数日後、高校進学の準備で教科書を整理していると、偶然アライのノートを見つけ、そこに書かれている文章に目がとまった。

夢《サン》を追《・ブミンピ》う者の冒険

挑戦という頂きを目ざし、逆境を乗りこえ、危険を受け入れ、知性をもって謎を解き明かそう。さまざまな経験を吸収し、思いがけない結末のある運命の迷路に身を投じるのだ。遠く離れた土地を歩き、異なる文化、異なることば、そして異なるたくさんの人々と出会いたい。世界中を旅して、風と星をよみ、みずからの歩むべき道をみつけよう。草原をこえ、谷をこえ、砂漠を横断しよう。照りつく太陽で焦げつき、風によろめき、冷たくなった指をにぎりしめ寒さに震えてみたい。スリル満点の人生を望む。生きる！　ほんものの人生を味わうのだ！

夢《サン》を追《・ブミンピ》う者　アライ

入学式

Semangat Korps

その夕方、父さんは、笑顔で仕事から帰ってきた。なぜそんなにうれしそうなのか、ぼくたちは父さんに理由をたずねた。父さんはポケットから手紙を取り出した。どうやら父さんは、彼宛てのものでなかった手紙を上司のジョアシンさんに返しに行ってきたらしい。ところがジョアシンさんは、返す必要はない、それは持っておけばいいと言ったそうだ。

「記念に」父さんはジョアシンさんの口調をまねながら、満面の笑みを浮かべた。本社前の広場で父さんに起こったことはとてもひどいことだとぼくは思っているが、たとえ宛名のまちがいだとしても、会社のロゴと社長のサインの入ったレターをもらって父さんはとてもうれしいようだ。

父さんが棚にそのレターをしまおうとしているとき、ぼくは父さんに近づいた。ぼくは四月十四日の出来事について父さんと話したいとはまったく思っていなかった。ぼくがもっとも忘れたい出来事をひとつ挙げるならば、それはあのひどい金曜日に父に起こった悲劇だ。しかし、父さんのその受け止め方を見て、ぼくは本当にたずねたくなった。なぜ父さんは腹を立てないのか。多くの人々の面前で屈辱《くつじょく》的な思いをさせるという、致命的なあやまちを犯した会社に、なぜ腹を立てないのか？　父さんはジョアシンさんに対し怒りを感じないのか？　腹を立てているのはむしろぼくのほうだった。父さんはぼくの質問にほほ笑んだ。

「いつの日かおまえもわかるときがくる。もっとも幸せな人間は、他人のために犠牲をはらうことで幸せを感じることができる人間のことだ」

Ω

高校の入学式への招待状が届いた。アライは、緊張する父さんと母さんの前でそれを読みあげた。アライとぼくは、彼らにとって高校に進学するはじめての子なのだから、当然だろう。

「校長、教師、すべての新入生とその親が出席し、そして来賓《らいひん》のあいさつがある。つまり、これはとっても重要な行事なのね」と母さんは言った。母さんはそう言って、ぼう然とした。父さんは何度もうなずいていた。

「つまり二人のためにきちんとした服が必要ね。それはまかせてちょうだい！　カーテンの布の残りがあるから、サファリシャツをつくるのに十分よ！」母さんはそのカーテンを指さしながら言った。

ぼくはあぜんとした。ぼくはいなか者の少年ではあるが4ポケットの半そでのサファリシャツはすでに時代おくれだ。そのモデルは、かつての辺境の地方公務員のみが使用した制服だ。どの部局も補助金なしではやっていけない辺境の公務員の制服。数十年前の代物《しろもの》だ。ごくまれにそのタイプのサファリシャツを着ている者は昔の権威によりすがって生きているような老人だけだ。

「つまり、ぼくとアライ、そして父さんは同じ制服を着るということ？」

「そうよ」母さんは確信をもってこたえた。

「いやだよ！」とぼくは言った。

「どうしていやなの？」

「サファリシャツはとても時代おくれなんだよ、母さん。みんなに笑われてしまう」

父さんと母さんはたがいに目をあわせて、ふたりともおどろいた顔をしてぼくの顔を見つめた。どうやら、着るものの様式が、時代の変化と密接に関係しているということを彼らは理解していないようだった。

「意見を言うときは気をつけなさい！　サファリシャツはまったくおかしくないわ！　制服は規律を反映しているのよ。規律は、笑われることよりずっと大切よ！」

母さんはぼくに対して腹を立てていた。場は緊張していた。母さんがばかげたことを言っていることについて、ぼくは助けをもとめてアライのほうを見た。アライはむしろおどろいた顔をして、つられてぼくを見つめ返していた。

「ぼくはむしろ、時代はサファリシャツが見直される時期にきていると思うよ！」とアライは言った。

それが客観的な意見なのか、それともアライが父さんと母さんを失望させないために言ったのか、ぼくにはわからなかった。母さんと父さんが喜ぶのなら、アライはかならずそれに賛成した。

「決をとるまでもないわね。サファリシャツに賛成が三票、反対が一票。イカルの負けよ」。

そして母さんは、ぼくとアライの体を巻尺で測り、まるで明日なんてこないかのように大きく笑った。

「ああ、残りの布でポケットのないズボンを二枚つくるのに十分だよ！」

みなさん。それはただひとつのことを意味します。すなわちぼく、アライ、そして父さんは格式ある高校への入学式に出席します。入学式には美しい女子たちを含むたくさんの生徒が出席しています。そこに四十年前の、時代おくれの4ポケットのサファリシャツとそろいのズボンを着て出席することになるのです。

その日の午後、父さんは二つの箱を持って帰宅した。彼は露店で白いスポーツシューズを二足購入したようだった。ぼくたちの成績証を受け取る式典で、父がはく靴と同じだった。つまりシャツ、ズボン、シューズにいたるまで親子三人でおそろいのものを着用することになるようだ。ぼくは観念するほかなかった。

そしてサファリシャツは完成した。アライの服のサイズはぴったりだった。ぼくのはあまりに大きすぎて、まるでかかしのように見えた。父さんはそれを見てびっくりした。

「おい、母さん。サイズをはかりまちがえたのかい？」

「いいえ」母さんは落ち着きはらっていた。

「まちがえてはないわ。まだ布が残っていたので、むだにならないようにイカルのシャツを大きくしたの。わたしたちの生活では、なにもむだにすべきではないわ。衣服を着ることのできないひとたちだってたくさんいるの！　ただ大きいだけで、たいした問題ではありません！」

翌朝目が覚めると、母さんがサファリシャツにタコノキの葉でつけた水をすばやくはねかけ、木炭アイロンでアイロンをかけているのが見えた。ぼくはアライと父さんが、鏡のなかのサファリシャツ姿の自分たちを見て喜んでいるのを見るのがいやだった。出発前に母さんにあいさつをするとき、出席をとりやめたい気持ちになったが、アライと父さんを見て、この部隊の精神を裏切ることはできなかった。母さんはぼくが感謝の気持ちを持てない人間を見るような目でぼくを見ていた。

ぼくたちは自転車に乗って市場に出た。市場では、スズを運ぶベランティック行きのトラックに乗りこむ人々と出会った。ぼくたちを見る彼らの表情は何段階かに変化した。はじめにぼくたちの制服姿におどろき、興味を持ち、それから笑いをこらえ、もう一度おどろき、最後に目をそむけた。

トラックが来て、ぼくたちは荷台に飛び乗った。人々は、いつも会うときのようには話しかけてこなかった。おそらく彼らはぼくたちのことを国勢調査官かだれかと勘ちがいして、質問されるのを恐れているのだろう。

一時間後、トラックはベランティックに到着した。午前九時ちょうどに高校の大講堂に入った。母さんの予想どおり、たくさんの人がこの行事に参加していた。断食明けのイドゥル・フィトゥリと同様に、出席者はきちんとした正装をしていた。たくさんの新入生、美少女もいた。緊張してぼくは震えた。

ぼくの予想していたとおり、すべての目がおどろいてぼくたちを見た。会場に入ると、笑い声が響きはじめた。

「勇気を持て。思いだしなさい、規律は笑われるよりも正しいのだ」父さんは母さんの言葉をそのまま引用して言った。アライと父さんは勇敢に足を踏み入れた。ぼくは歩くかかしのように、彼らのうしろをよろめきながらついていった。

「そこに座ろうよ」嘲笑から早く逃れるために、すみっこにある空席のイスを指さしてぼくは言った。

「いや、イカル、おれたちは前の席に座る」とアライは言った。その行動は、ぼくたちをより大勢の面前にさらすことになった。それからぼくはますます笑い声を聞いた。彼らをもっとも楽しませたのはぼくの特大のサファリスーツのようだった。カメが甲羅《こうら》に首をひっこめるように、頭をサイズのまるであってない4ポケットサファリシャツにしまいこんでしまいたかった。そんなぼくの苦しみをアライと父さんはいっこうに気にすることなく、意気揚々《いきようよう》と歩いていく。

ついにアライが望んでいた席を見つけた。アライと父さんは静かに座った。ぼくは緊張で震えていた。そしてぼくは自分の目でそれを信じることができなかった。彼らが事前にそうした約束をしていたのか、または偶然に起こったのか、あるいはそのどちらもなのか、わからない。とにかくぼくをさらに苦しませるための独特のユーモアのセンスをアライと父さんは持っていたのだろう。アライと父さんは同時に左胸のポケットからハンカチを取りだし、ひたいの汗を拭き取った。その後、ほぼ同時にハンカチをポケットに戻した。その一連の動作からぼくは目を離すことができなかった。

何人かの男性が演台をステージ上に上げ、ワイヤーを引っぱって、マイクを演台に設置した。マイクを試してみるとハウリング音が聞こえた。

次に、司会者が式典の開始をアナウンスすることなく、だれからも開会のあいさつもなく、いきなりその男性がやってきた。彼はまっすぐ演台に向かった。ざわめいていた講堂は突然静かになった。ステージ上の、あごひげをたくわえた男にすべての目が向けられていた。

「わたしはムスタルといいます。この高校の数学の教師で、副校長をつとめております。わたしは生徒諸君と保証人のみなさんの対応をしています。この学校には、無茶をするのが好きな生徒たちの世話をするほど十分な教師がおりません。この学校は、多くのサポーターを必要とするサッカーのクラブチームとは異なります。多くの人たちを必要としているわけではないのです。ほんのひとにぎりの生徒であってもかまわない。ただしその生徒たちは、本当に知識を求めてこの高校にやってきています。もしみなさんのお子さんが、正しい学問的態度を持っていて、それでも成績が伸びないようであれば、その責任はわたしたち教師にあります。反対に、やる気のない生徒には容赦はしません」

高校生としての第一日目は、嘲笑の的になり、忘れられない教育に関する話をしてくれた人物と出会い、そしてぼくは自問自答した。最後に笑うのはだれなのだろう、と。

努力がむくわれた日

Piala Sendiri

落下したジャックフルーツがぼくたちを直撃したならば、それはぼくたちがジャックフルーツに直撃される運命であったことを意味する。それは、避けられない運命だ。ぼくたちがこの世に生まれるずっと前に、神さまはその書物に、ぼくたちの頭にジャックフルーツが落ちてくることを記していたのだ。大きく熟したジャックフルーツの木の下を避けなければならないというのは、また別の問題だ。とにかく神さまがそう決めたのだから、あとは口笛を吹きながらのんびりと座ってジャックフルーツが落ちてくるのを待っていればいいのだ。そんなメンタリティの持ち主が、ぼくたちがブロンと呼んでいる、アフマド・ジンブロニだ。

彼のそういう考えは、ある側面においては真理であるかもしれないが、神さまが選んだのはその場所であるということには気づかないのだろうかと思ってしまう。どうすればそんな心根を持つことができるのだろう。ぼくの考えでは、みずからの行動の結果を予測する能力は、ある程度の考える力が必要なのだ。柄《え》がその重さに耐えられなくなっている樽《たる》サイズの熟したジャックフルーツが、いつ落下して地面で割れてチョウが甘い汁を吸いにたかってもおかしくないことを理解するには、それなりの高い知性が必要なのだ。つまり、ブロンの知性はそこまで到達していなかった。

とはいえ成績が悪ければぼくたちの高校に入学するのは不可能なはずだ。この高校で学ぶためには、中学で成績評価が上位であった成績証を提出する必要がある。そういうわけでブロンは、認識の甘さと知性、おろかさと狂気は、かならずしも因果関係があるわけではない実例を示してくれた、そしてぼくに人間行動に興味を抱かせてくれた、はじめての人間なのである。

ぼくとアライが、ブロンと友だちになる経緯はなかなかユニークだ。はじめにぼくたちは、自転車を馬のように飾りつけ、みんながそれをあざけり笑ってもいっこうに気にしない、肥満体の奇妙な生徒のことを気になって注視していた。自転車のヘッドライトは、馬の頭のかたちにアレンジされ、フレームのトップ部分にタッセルが取りつけられ、後部の荷台には、得意げにふる馬のしっぽのように装飾されていた。サドルも変更され、馬の鞍《くら》を掛けることができるようになっていた。鞍は乗馬に使用する本物だ。

ブロンには友だちがほとんどいなかった。なぜならほかの生徒たちは長く彼のそばにいるのが耐えられなかったからだ。ブロンは馬の話しかしなかった。ちなみにぼくたちの島に馬はいない。ロバさえもいないので、それはおどろくべきことだ。ぼくたちの島の文化に馬は一度も存在したことがない。古い文献をあたってみても一行たりとも馬に関する記述は見当たらない。馬は、公共放送のモノクロの西部劇のなかでいななく、異国のいきものだ。ぼくたちの島民のだれも実際には馬を見たことがないはずだ。馬はぼくたちにとって遠く離れた異質なものの具現したものだ。どのようにしてそんないきものがブロンの頭に住みついたのか謎である。

いつものように、何事にも首を突っこんでしまうアライは、すぐにブロンに興味を抱くようになった。ほかの生徒たちがブロンを遠ざける一方、アライはむしろ彼に近づいた。だれかがブロンをばかにすると、アライはブロンをほめた。だれかがブロンの態度を攻めると、アライはブロンをかばった。まもなくアライとブロンは親友になった。自動的にぼくもその関係に引きずりこまれ、危険な友情を築くことになった。物腰がやわらかく、礼儀正しく、むじゃきな顔をしているブロンが、実は陰湿な計画で頭のなかが満ちている狂気の男であることがわかったからだ。アライは頭が良く、好奇心が強く、つねに新しいことに挑戦し、計画を立てて実行したい人間だ。ぼくはアライとブロンのあいだで、簡単に挑発される弱い人間だ。アライはぼくより四カ月年上、ぼくはブロンより二カ月年上なので、ブロンとぼくがなにかを争ったりする場合、ブロンは末っ子なので、長男としてのアライはブロンを守る立場になった。

「ね、ねえイカル…リビアの馬についてき、き、きいたことがあるかい?」とブロンはおなかの肉を軽くたたきながら、ぼくにたずねた。

「ないよ、ブロン」

「ああ、リ、リ、リビアの馬はすばらしいんだよ! 英雄オマル・ムフタールの馬たち! な、なんとゆうかんにイギリスと戦ったんだ！」

ぼくが立ち去らなければ、何時間でもブロンは、アレキサンダー大王の馬、カリフ・ウスマンの馬、ナポレオンの馬、ローマの馬などと、馬と戦争と諸国の歴史の関係についての話をつづけることになる。

あるときには、ブロンは馬と神話、馬の病気、馬の仕事、そして馬の交尾の習慣との関係について話してくれた。彼は馬以外のことについてはまるで興味がなかった。ブロンの馬の話にあきてきて、馬の話はもういいとぼくが言うと、ブロンは口を閉じ、ぼくになにかを話す機会を与えてくれる。ぼくが話していることにブロンは興味を示さない。ぼくの話が終わると、ブロンはふたたび馬について話した。アフリカの馬、カナディアンホース、ムスタングの馬、モンゴルの馬、エジプトの馬。しばしばぼくは話題を変えようとする。ブロンが馬の食事について話しているとき、たまたまバンタンの木の枝で、リスが飛びはねているのが見えた。

「オイ、ブロン！　あのリスを見て！　オイ、なんて長いしっぽだ！」

「馬はリスを食べないよ、イカル。馬はぼくたちにベジタリアンであることが健康にいいという実例を示してくれているんだ！」

Ω

ぼくらの家から高校は遠く離れていたので、ぼくとアライ、そしてブロンは、桟橋近くのベランティック・インプレス市場の裏にある小さな部屋をひとつ借りた。ベニヤ板のうすい壁のみで仕切られた、いくつも並んでいるその部屋は、荷役労働者、船の乗組員、季節のくだもの売りの家族が一時的に借りて住む簡易宿泊所だ。その下宿の場所は入念に計算されたものだった。授業の時間外は、生活費をかせぐために市場でできる仕事はなんでもやった。荷物運び、店番、駐車場の誘導係、魚やコプラ、サトウキビ、フルーツなどの積荷おろしなど、とにかくなんでもやった。

別におおげさに言っているわけではない。子どもたちが働くのはぼくたちの村ではあたりまえのことだし、世界中にある鉱山の村でも同じだと思う。小学校に入る前からぼくだってココナッツの胚乳けずりの仕事をやっていた。その同じ年齢で、アライはすでにサトウキビ農園の労働者だった。

まわりを見渡せば、市場でのぼくたちの仕事は、マレーのほかの子どもたちに比べるとはるかにマシだった。ほかのマレーの同じ年齢の子どもたちは採掘労働者になるか、海洋のど真んなかでシラス漁の網やぐらで働くしかない。シラス漁は海洋の真んなかのやぐらに住みこみで働き、家族に会えるのは数カ月に一度という過酷な仕事だ。

屈強で度胸もある子どもたちは、河口でバージ船に積みこむためにガラス砂取りに昼夜問わず従事し、野宿者のように食べ、トラックの下で眠り、オオトカゲのようにはいずりまわっていた。

父さんの負担を少しでも軽くしたいと願い、アライとぼくは父さんがくれた「ぜいたく」に感謝の気持ちをこめて働いた。そのぜいたくとは学校で学ぶことだ。授業が終わり学校から帰ってきて、午後から働く。季節が変わると夜おそくまで船から果物などの荷下ろしを手伝う。漁師の手伝いをするときは深夜二時に起きて、船から魚市場のプラットホームまで魚を運ぶ。仕事はかなりきつかった。仕事は港でのもっとも底辺の低賃金労働だ。仕事を終えるとアライとぼくは、遅刻しないように急いで学校へ走った。ぼくたちは汗にまみれ、睡眠時間をけずり、疲労で押しつぶされそうだったが、けっして弱音をはくことはなかった。そう、ぼくたちは負けてはいなかった。

では、なぜ学校に走るのか？　自転車はどうしたのかって？　もう自転車とはおさらばしたのだ。仕事の賃金は微々たるものだ。高校に入学したばかりのころは、教科書をたくさん買わなければならなかった。父さんにお金を頼みたくなかったので、本を買うために自転車を売ったのだ。ブロンだけは自転車を持っている。彼も同様にお金に困っていたが、自転車だけは手放したくなかった。

「ぼくのウマは、ぜ、ぜったいに売らない！」

ムランタウ[5]と呼びたいなら、高校にかよい、ベランティックに住むことは、ぼくとアライにとってのはじめてのムランタウ経験だった。週末になるとスズの運搬トラックに乗って、父母に会うために自宅に戻った。少しの現金、コメ、砂糖、コーヒー、そしてさまざまな日用品をみやげに持って帰った。

家にいるあいだ、アライとぼくはいつも父さんといっしょだった。夜になると母さんはさまざまな

[5] インドネシアの地方社会、とくにマレー社会で、若者が故郷を離れ異郷で暮らす、または出稼ぎに行くこと。

助言をするのをやめなかった。母さんのお決まりのアドバイスのひとつは、映画館で映画を見てはならないというものだった。

月曜日の朝、ぼくたちはふたたびトラックでベランティックに戻った。時がたつにつれ、アライはますます真価を発揮するようになった。彼は風変わりで水のように流動的だ。アライは水の流れのようにその立場にあわせてかたちを変えた。彼の交遊範囲は広かった。郵便配達員、店番、質屋、質屋の鑑定士、クリケット選手、コオロギの養殖人、オルガン奏者の楽団、みんな彼の友人だ。アライは、他人に興味を抱かせる六十の方法を持つ天性の社交家だ。

アライはありとあらゆることに首を突っこむ人間だ。彼は演技の才能のないマレー劇ドゥル・ムルックの劇団員でもあった。また音楽家といつも別の方角を見ているマレー音楽の歌手でもある。演奏は北に向かっているのにアライの声は南へ向かう。

スポーツも芸術でもなんでもコンテストがあれば、アライの名がかならず最初の登録者の名前になる。そして彼の名前は、ゴールした最後の参加者として、またはステージパフォーマンスの最低順位者として表示される。おどろくべきことにアライは、競技が終わるとすぐに主催者に対し次の大会はいつか直接たずねている。

アライは、ほとんどの時間ベンチを温めているサッカー選手で、ぼくがいままで見たなかでもっとも下手なバレーボール選手だ。マラソンでアライはスタートラインからもっとも勢いよく飛びだしていく。いなか者ほどこうした傾向がある。彼はほかの何千人ものランナーを率いて勇敢に飛びだす。

その顔は誇りと幸せに満ちている。スタートラインから鹿のように勢いよく飛びだしたあとに、一番に歩きはじめるランナーもまたアライである。

アライは、ピンポン球を打ちすぎてではなく、球を拾い集めすぎて疲れてしまう卓球の選手だ。彼はまた、多くの場合打ち負かされて泣くことになるバドミントン選手であり、村の名人が競いあう、独立記念日のチェスの大会にもかならず参加している。ただしぼくが目撃したのは、まるですごろくゲームをやるように駒《こま》を動かすアライだ。

アライはボクシングジムにも所属している。彼がボクシングをしているのを一度見たことがあるが、コーナーに追いこまれ相手になぐられつづけていた。アライは顔をなぐられ、よろめくが、ふたたび向き直り反撃する。ふたたびなぐられ、倒れるが、すぐに起き上がる。審判が試合を止めるまで同じことがくり返された。彼の顔はふくれあがり、試合後はだれなのか判別できないほどだったが、その向こうに見える笑顔を見て、アライだとわかった。

ぼくはアライにたずねた。なぜなぐられつづけ、屈辱《くつじょく》を受け、観客に笑われ、負けつづけるのに、戦いつづけるのか。

「敗北と勝利をへだてるのは、きびしい練習と才能だ」と彼は言った。「しかし、闘う勇気には、自分のための優勝カップがある」

Ω

月曜日の一限は数学だ。

はじめてムスタル先生を見たのは彼が演説した入学式だ。しかしそれ以前から彼の評判は耳にしていた。高校への進学を希望していることを中学の数学の先生に話したとき、高校に行けばムスタル先生というきびしいけれど教育者としてすばらしい教師と出会うだろうと教えてくれた。

「ムスタル先生は、数学教師のための数学教師だ」とぼくたちの先生は言った。

授業がはじまるとすぐに、中学の数学の先生がぼくたちに言ったことの意味がわかった。何回か授業がおこなわれたあと、ムスタル先生もアライがどんな生徒なのか理解したようだ。すなわち、彼が熱心に教えたいと思うような生徒であると同時に、まさに入学式の彼の演説で言及したような問題児であるという事実だ。

あっというまに時は過ぎ、ぼくたちは一学期の期末試験に直面した。ぼくはなんとしても五位以内を死守しようと心に決めた。中学のときとくらべて、はるかに高いレベルでの争いが待っていることは理解している。なぜならぼくたちの高校は、県内すべての中学からもっとも優秀な学生たちが集まっているからだ。その目的を達成するためにぼくは授業でつねに最前列に座った。黒板を埋めつくす知識とぼくのあいだにはへだてるものはなかった。授業中、ぼくは全力で集中した。少しでも理解できなければすぐに質問した。ぼくが何度も質問するので先生はうんざりしているようだった。先生はうんざりかもしれないがぼくはうんざりすることなどなかった。まさにぼくは、ムスタル先生が演説のなかで示した「本当に勉強がしたくてこの学校にきている生徒」だった。

学校から帰るとすぐに、仕事に出かける前にその日学んだことを復習した。忘れないように、学んだことのすべてを記憶にしっかりとたたきこんだ。

市場の仕事から戻るとふたたび勉強した。なので、いつのまにか教科書に顔をふせたまま寝ることになった。翌日、早朝に目を覚まし、ふたたび勉強した。もしもっとも熱心な学生の選手権があるなら、ぜひエントリーしたいものだ。

ぼくの意欲は高まるばかりだった。この学校には、各中学の上位五名の生徒をひとつのクラスに集めた特進クラスがある。それはムスタル先生のアイデアのひとつだ。1-Aというのが、その特進クラスだ。そういうわけでぼくはアライと同じクラスになった。そして信じられないかもしれないがブロンも同じクラスだ。

特進クラスに在籍するために、生徒は一定の成績を維持しなければならなかった。もし基準点に達しない場合、その生徒はほかのクラスへ移らなければならない。

アライは教室の真んなかあたりに座った。その座席はちょうどブロンの真うしろで、それは彼らが彼らの頭のなかの狂った計画に基づいて考案した座席の並びだった。

授業でアライはいつも独特のスタイルで着席していた。足を組み、音は出さないが口笛を吹いているように口をすぼめ、ゆったりとイスに寄りかかっていた。ぼくは彼に忠告したかった。中学まではうまくいったが公立高校はまた異なる競技場だ。その事実、1－Aクラスは本当に秀才ぞろいだ。さすがのアライでも以前のように首席の座を確保するのはかんたんではないはずだ。それでもアライはなに食わぬ顔だ。

一学期の期末試験が近づき、ぼくはますます一心不乱に勉強した。疲れて集中できなくなったときは、一九八九年四月十四日に父さんの身に起こった悲劇を思いだした。そして自分自身にしっかりと言い聞かせた。父さんのためにもできるかぎり高い教育を受けるのだと。疲れを忘れて集中力も戻った。ぼくは勉強をつづけた。

ついに試験当日を迎えた。いつものようにぼくはパニックになり、うろたえ、自信を失っていた。試験のあとにほかの生徒たちが答え合わせをしているのが聞こえると、それはすべてぼくの解答とは異なっていた。アライはちっとも気にならないようだ。今回はアライもさすがに首席は無理だろうと考えた。

土曜日、試験の最終日だ。その夜、ぼんやりと物思いにふけった。下宿の窓からぼくは桟橋と、おだやかな海面に落ちた月の光をながめていた。どれだけ今学期、必死に働き、必死に勉強してきたのかふりかえっていた。突然、下宿のトタン屋根の上でガッガッと水のあたる音が聞こえた。ぼくは壁のカレンダーを見る。十月二十三日。雨季の最初の雨が降った！　きっと良いことが起こるはずだとぼくは信じた。

月曜日の朝、期末試験の成績が発表された。アライは最高成績をおさめて、首席になった！ さらにぼくも好成績で、四位だった。中学ではいつも五位だった。十月二十三日の最初の雨がもたらした幸運だと感じた。

ブロンの成績は、脱線した列車のようだった。その日のうちにブロンはFクラスへの降格をムスタル先生に命じられた。そしてムスタル先生は、父宛ての成績証の授与式の招待状をぼくに手渡してくれた。

招待状にムスタル先生は一年生全員の成績順位、すなわち一位から四五〇位までのリストを添付した。彼はその試験のスコアを精査し、同じスコアの生徒がいる場合、日頃の素行などを考慮し確実に優劣を決定した。学習態度も同様であるとみなされた場合でも、ムスタル先生は、おそらく教師の本能に基づいて、独自の方法で生徒に評価を与えた。すべての学生が自身の質を示す順位を知る必要があるという原則をムスタル先生は持っていた。成績証を受け取る保証人である両親もまた、子の順位に応じた座席番号を指定された。この副校長は成績順位に関してある種の強迫観念にかられているのではないかと思う。

成績が二〇〇位以下の生徒の座席に座っている親はまばらだった。子どもの成績証を受け取るのが恥ずかしいためだ。このようなやり方にはもちろん親たちのあいだで賛否両論があった。ムスタル先生のこのやり方で、生徒たちが成績を上げようと必死になるのはたしかだ。他方で、成績証授与式で公然と両親の名がさらされるのだ。ぼく自身は、ムスタル先生に感謝している。この方法で、教育への大人たちの意識を高めることに成功したからだ。このラディカルな方法はぼくたちの文化、社会事情に適していたとぼくは思っている。

一年生四百五十名のうち、上位五十人の生徒の成績証のみが、校長から親に直接渡される。それ以下の生徒の成績証は、講堂の壁際に置かれた机に、まるで古新聞のように積み上げられており、親でも子でも自分自身で取りにいって持ち帰るようになっている。これもムスタル先生のアイデアだった。

成績証の授与式の一週間前、アライとぼくは実家に戻った。アライは母さんと父さんのために招待状を読みあげた。招待状にはぼくたちの成績順位が記載されていた。ぼくの成績順位が上がっているのを知って、父さんはうれしそうに笑みを浮かべた。

「あなたたちにサファリシャツをつくったのがむだではなかったわ」と母さんは言った。

授与式の日、アライとぼくは、校門前のバンタンの木の下で、父さんがやってくるのを待った。夜明け前の礼拝を済ませ、はるばる遠くからやってくる父さんを想像した。約二十キロの道のりを自転車で、多くの坂を越え、こわれかけた橋をいくつも渡り、未舗装で泥でぬかるんだ場所を手で自転車を押してやってくる。父さんは自転車を使うほかなかった。トラックはいつ出発するか時間が決まっていないからだ。

午前九時、道の遠く向こうに、4ポケットのサファリシャツを着て、白い運動靴をはいた男性が、まるで疲れきったかのように重い足取りで自転車をこぐ姿が見えた。自転車のアルミニウム製のヘッドライトが太陽の光でまぶしく光っていた。父さんだ！

父さんはぼくたちに向かって手を振った。自転車をこぐスピードが早まる。ぼくたちの前に到着したとき、シャツは汗でびっしょりと濡れていた。

「まだおくれていないね、息子たちよ」と息絶え絶えで父さんは言った。授与式まで実際のところまだ二時間もある。

父さんを見てぼくはかわいそうに思った。素朴なまなざし、やせた体、こわれかけた自転車、汗でびしょ濡れのサファリシャツ、ハンドルに掛けた母さんが用意した食事と水、これらを見てなにも思わないことなどできなかった。成績証を受け取るだけのために、はるばる遠くから苦労してやってくる必要はないと言ってあげたかった。でもそんな言葉はむだだということもわかっていた。ぼくとアライの成績証を受け取ることが、父さんにとってなによりの喜びなのだ。ちょうどぼくとアライにとってなによりの喜びが、父さんのために最高の成績を報告することであるのと同じように。

父さんの疲労、そしてぼくたちの勉強の疲労は、職員が父さんを首席の座席に案内してくれたことでむくわれた。最大限の敬意を示すとともに、ほかの出席者たちは、最前列の左端の座席に座った男性に注目した。みんなが注目するのはその男の息子が首席だからではなく、その4ポケットのサファリシャツのためかもしれないが。とにかく、そのときの父さんの表情はとても言葉であらわすことができない。

成績証を受け取る最初の保証人として、父さんの名前が校長に読みあげられた。出席者は盛大な拍手を送る。アライの成績証を受け取ったあと、職員は空席だった四番目の座席に案内する。そしてまもなく、ぼくの成績証を受け取るために校長は父さんの名前を呼んだ。父さんに向けてさらに盛大な拍手が送られた。二人の息子が最上位の成績の五人のなかに入ったのだ。

多くの人々が、校長先生やほかの教師たちも含め、父さんにあいさつをした。こうして本当に記憶に残る成績証の授与式は終わった。ぼくとアライは、父さんを校門まで見送った。ぼくはふたたび、父さんが校庭を横切って、よろよろと自転車をこぐのを見届けた。父さんが遠くなり、姿が見えなくなるまでその背中を見送った。ぼくがその無口な男をどれだけ愛おしく思っていることか。

映画鑑賞

Tenaga Gaib Penyembuhan

「おい、イカル～」ぼくのイスにその巨体をあずけながらブロンが言った。

「こ、これを見てよ！」

ブロンはぼくに一枚の写真を見せた。

「カナダの、ウ、ウマだ！　おおきくて、さ、さっそうとしていて、寒さにつよい！」

彼が馬の写真を見せたいのはもう近づいてくる前からわかっていた。同じことを六百七十回は経験している。

「ブロン、馬の写真はもういいよ。ほかの写真はないのかい、たとえばヒトとか」

「あ、あるよ、イカル！」

ショルダーバッグに手を入れ、一枚のフレームに入った写真を取りだし、満面の笑みを浮かべながらその写真をぼくに見せた。それを見てぼくはおどろいた。馬に乗っている美女の写真だった。彼は

すでにFクラスという落ちこぼれクラスに追いやられてしまったので、ぼくとアライとは別のクラスになってしまった。一学期が終わったあと、アライは、学校一の優秀な生徒として、同時に学校一の問題児としてすっかり有名になっていた。ぼくはというと、日増しにプレッシャーを感じながら、変わらず必死に自分を追いこんでいた。

「おまえの夢はなんだ、イカル?」アライはぼくにたずねた。

「ぼくは経済学を勉強したい。そしていまでも小説家にもなりたいと思っている」

作家になる夢は、小学校のときからのぼくの夢だ。

季節はめぐり、時はめぐる。雨季は終わり、その後の五十日間ほどの凪《なぎ》の季節をへて、乾季がやってきた。昨年よりも長い乾季の終わりに、ぼくとアライとブロンは二年生となった。アライは毎学期トップの成績を維持していた。ブロンは変わらず劣等生クラスに据えおかれた。第四学期にぼくは、ついに三位の成績を獲得した。

毎学期終了後の休みのとき、ぼくとアライはサトウキビ島に行き、アライの家族の墓参りをし、サトウキビ畑の真んなかの小屋で息のつまるような静寂と暗闇のなかでいく晩か過ごした。休みが終わると学校へ戻った。すべては美しく、問題なく、さらに成長を遂げていた。馬マニアのブロンがばかげたアイデアを持ちこむまで。

「ぼ、ぼくたちはその映画を観なければならない」映画館の大きな立て看板を指さしながらブロンは言った。その大きな看板は三×四メートルあり、なまめかしい衣服をまとった女性の写真だ。十八歳以上向けの、タイトルを読むだけでストーリーがおおよそわかる。

おろかなブロンの提案は日常茶飯事だ。たとえば、ムスタル先生の自転車をアカシアの木の枝に引っかけてみようというアイデア。それはアライとブロンによって実行され、成功した。その犯人をムスタル先生は執拗《しつよう》に探している。また試験のカンニングに関するおろかなアイデアの数々。とはいえ、そのすべてのおろかなアイデアのなかで、成人向け映画を観るというアイデアは、もっとも危うい部類に属する。なぜならムスタル先生は、くり返し生徒たちに言い聞かせているからだ。生徒が成人向け映画を観ているのがわかったときには退学処分にすると。だからぼくははっきりとその誘いを拒否した。

「よく考えろ、アライ！　母さんでさえ映画館に行くことを禁止しているんだ！」とぼくは言った。

アライはむしろおおいに乗り気だ。

「すばらしいアイデアじゃないか、ブロン！」とアライは言った。

ぼくはアライの考えていることを理解できた。アライは、ムスタル先生におどされればおどされるほど、それをやぶってみようと誘惑にかられる性格なのだ。それから何日もかけてアライは、バレずにその映画を観る方法について必死に考えつづけた。

そのたぐいの低俗映画を鑑賞する人々は、一般的に周囲の小さな島々の人々だと言われる。彼らは砂漠に暮らす女性たちのような身なりで、サロンで頭と顔を含めた体全体をおおい隠している。彼らは日頃、家舟《えぶね》で生活しており、マングローブの沼地の虫から身を守るためにそのような姿をしているのだ。

気づいたときにはぼくたちはチケット売り場の前で、その人たちといっしょに並んでいた。サロンはぼくたちの頭と顔を隠してくれる。教育局から派遣された学校の監視員はいつもチケット売り場の店員に、生徒たちにチケットを販売しないように要請していた。とはいえ、ぼくたちの変装は完璧だった。魚市場地区に長く住んでいたので、アライも島の人々の言葉を流暢《りゅうちょう》に話すことができたため、販売員も疑うことがなかった。

「入って、はやく入って！」入場口の警備員が言った。

ぼくたちは意図的に三カ月も洗っていないサロンを選んだ。無事にぼくたちはもう映画館のなかだ。たいした成果だ！　生徒が成人向け映画を観るために映画館に入ることなどほとんど不可能なことだった。アライは比類なき天才だ。

観客は大勢いた。照明がひとつずつ消え、うす暗くなり、観客ははじまるフィルムを見て歓声をあげた。彼らはさらに騒然となった。その映画は冒頭からすでに刺激的だった。アライは目を大きく見開きスクリーンに釘づけだった。ブロンの胸はまるでいまにも爆発してしまいそうな勢いではげしく上下していた。いまぼくが言えることは「ブロン、ありがとう」。興奮のさなか、ぼくたちの前の座席列に三人分の人影が突然あらわれた。彼らはおくれて入ってきた観客で、ぼくたちの前に立っているだけで、すぐに座らなかった。

「ちょっと、おじさん！　座ってくださいよ、見えないよ！」アライはいらだち言った。突然、映画のスクリーンが消え、映画館の天井の照明がひとつずつ灯り明るくなりはじめた。観客はもちろんブーイングだ。ぼくたちの前にいる三人は、映画のなかのスパイが身につけていそうな黒い皮のジャケットを着ていた。いくつかの照明は完全にはついていなかった。まだうす暗く、彼らの顔をはっきりとは確認できなかった。でもようやく、真んなかに立っているのがだれだかわかった。ムスタル先生だ。ぼくの心臓は飛びだしそうになり、アライはぼう然としていた。ブロンは真っ青だ。

「こらああっ!! そうか、おまえたちだったのか! 恥を知れ! おまえたちは学生だろう? 学生の分際で、ここでなにをやってるんだ?」ムスタル先生はほかに大勢いることも気にせずどなった。

ぼくたちは正真正銘の現行犯でつかまったわけだ。観客すべての視線をぼくたちは集めていた。マジックペンで走り書きした文字が突然スクリーンにあらわれた。

お客様、すみません、しばらくお待ちください。生徒たちが補導されました!

いっせいに観客たちが歓声をあげ、ぼくたちをはやし立てた。

「出ろ!」ムスタル先生はふたたびぼくたちに向かってどなった。歓声と嘲笑を背中に受けながら、ムスタル先生と二人の私服警官はぼくたちを外へと連行した。ぼくはこわくて、そしてとても恥ずかしかった。

映画館の前でムスタル先生はぼくたちに言った。

「次の月曜日、覚悟しておくがいい」

ムスタル先生の言葉が、真夜中までぼくの耳のなかに響きつづけていた。いつものことだが起こってしまった出来事がいつまでも頭から離れなかった。素行不良を理由に、これまで数十名の生徒をムスタル先生は退学させていたことをぼくは知っている。その可能性におびえて、そして事の重大さに気づいたのはムスタル先生に見つかったあとのことだった。父さんを想うと胸がしめつけられた。ぼくが退学になったら父さんはどう思うだろうか？　ぼくとアライが勉強をつづけていることは、父さんにとってのすべてでもあった。そして父さんはぼくたちにとってのすべてでもあった。ひと晩中、ブロンとアライにいつも容易に巻きこまれてしまうみずからのおろかさを呪った。

一方、アライといえば、大きないびきをかきながら寝ていた。ブロンはニヤニヤしながら馬の雑誌を読んでいて、ときどきクックと笑っていた。

ぼくたちは土曜の夜に映画を観に行った。翌日の日曜日、それほど一日が長いと感じた日はなかった。翌日の月曜日にムスタル先生から受けるであろう処分のことを想像すると胸が苦しかった。

そのおそろしい月曜日がついにやってきた。ぼくとアライとブロンは、教頭、クラス担任、そしてムスタル先生が出席した懲罰委員会にかけられた。反省文を書かされたあと、ぼくは本当にほっとした。というのは、奇跡的に厳罰を免《まぬか》れたのだ。ぼくたちは学校から追いだされずにすんだ。ぼくとアライに温情判決が下されたのは、ぼくたちが成績上位の五人に入っていたからだ、とムスタル先生は言った。

ブロンも退学処分にはならなかった。ブロンの場合、実行犯ではなく被害者とみなされたからだ。だれもがブロンのことを、温和な表情をした純真無垢《むく》な少年とみなしていたため、ぼくとアライにかかわることで性格がゆがんでしまったと受け止められた。ぼくとアライがブロンをそそのかしたと理解されたらしい。そのいかがわしい映画を観ようと言ったのはブロンであることを知る者はいなかった。

「もう二度とアライとイカルにそそのかされないようにね、ブロン！」Fクラスの担任教師はぼくとアライをにらみつけながら言った。ブロンは両足のあいだに両手をはさみ、うなだれて座っていた。

「はい、せんせい…」

「またあの二人にそそのかされそうになったら、わたしにすぐに報告するのよ」

「はい、せんせい！」

「イカルとアライは本当にいかがわしいのよ、ブロン！」

「はい、せんせい！」

とはいえ無罪放免というわけではない。制裁として、ぼくたちは学校の裏にあるトイレ掃除を命じられた。そのトイレはもう長いあいだ使用されていなくて、もはや機能していなかった。

清掃員はぼくたちにホースとバケツ、ひしゃく、ブラシを渡した。トイレのなかに入ると、ぼくたちはハンカチで口を押さえた。ブロンはしなかった。涙がこぼれるほどの臭気にぼくたちは倒れそうだった。

ぼくたちはトイレ掃除をはじめた。アライはぶつぶつと不平を言っていたが、責任を持ってその罰をこなしていた。きびきびと便器をゴシゴシこすっていた。ぼくは怒りがおさまらなかった。

「もしぼくたちがウマの世話をするようになったら、イカル」床をブラシでこすりながらブロンは落ち着きはらって言った。

「こんなひどいにおいも平気になるよ」

そのためにブロンはハンカチで口を押さえる必要はないと言った。(――馬の世話をするだって？)心のなかでぼくは言った。ぼくたちは直接馬を見たことすらないのに。

「アラブの馬の秘密を知っている？　イカル？」

その後の一時間、ブロンはずっと馬の話をつづけた。彼が話せば話すほど、ぼくの機嫌は悪くなった。ぼくはこの制裁に腹を立てていた。ぼくはこの最悪の罰を受けたぼくたちを笑っているほかの生徒たちに腹を立てていた。罰を受けるべきなのはアライとブロンだけで、ぼくは被害者だと思っていた。まるでブロンがそそのかされたかのようにふるまったことにぼくは怒っていた。そそのかされたのはぼくのほうなのだ。さっきムスタル先生に尋問されたときにはどもっていたのに、なぜかいまは口なめらかに馬の話をしていることに、さらに怒りが高まった。

「アラブの馬についてはなにも知らないみたいだね、イカル。ぼ、ぼくなんかよりはるかに成績がよくて、いつも上位五位以内に入ってるけど、馬に関してはどうだい。まったくなにも知らないんだから！」

そのトイレはほとんど一年近く放置されていたので、便器はつまって水は流れなかった。でも粗雑な生徒たちは気にせず使用していた。その思慮に欠けた連中の道徳的腐敗の責任を負わされているのがぼくたちだった。ブロンはまだ馬の話をしていた。トロイの木馬、空想の馬、ペガサス、空を飛ぶ馬、馬人間、人間馬、馬を去勢する際の道具についての話になり、ふたたび各国の馬についての話に戻った。

「知っているかい、イカル？ ガラパゴス島の馬は、はじめ人間だったんだ。最後の審判の日にはふたたび数千の天使となって復活するのさ！」

公衆トイレというものが本当に憎らしい。市場でもターミナルでも、学校でも病院でも、公共のトイレは本当に汚い。なぜ人々はトイレをそんなに汚く扱うのだろう？

「エジプトの馬についてはもう話したことがあったかな、イカル？」

いらだちを抑えるために、ぼくはだまっていた。一年近くのつきあいになるのだから、ぼくがだまっているときは怒っているときだとブロンもわかっているはずだ。ましてやエジプトの馬についてはもう何十回と聞いている。

「ああ、エジプトの馬ときたら、イカル！ 四十五度もある砂のなかにもぐることができるんだ！ 想像できるかい、イカル！ もし君が四十五度の砂のなかにもぐったらきっと歯がとけちゃうね、イカル！ それで——」

「うるさい！ その口を閉じろブロン！ いますぐそのくさい口を閉じるんだ！ おまえのくだらな

い馬の話はもうたくさんなんだ！」バケツを蹴り飛ばしながらぼくははげしくどなりつけた。アライはおどろいていた。というのは一度もそんなぼくを見たことがなかったからだ。ブロンはさらにおどろいていた。ぼく自身もおどろいてしまった。そんなにはげしく怒りをぶつけることができるとは考えたことがなかった。

ブロンはぼくの前で凍りつき立ちすくんでいた。そんなにはげしくぼくがどなることができるなんてまるで信じられないかのようだった。ぼくの口からそんなきたない言葉がはきだされ、それが自分に対して向けられるなんてまるで信じられないようだった。ブロンの唇は震え、顔は涙を流すのを耐え、ふくれ上がっていた。ショックを受けとても傷ついているようだった。ブロンはだれにもそんなふうにののしられたことのない、おだやかな少年だった。

この出来事は、ぼくが感情をコントロールできずに、反射的に起こったことだった。ぼくはブロンを見つめ、どれほど人と人が知りあい、ともに生きることが奇跡的なことなのか、そして瞬時にしておたがいを理解することができる友人を得ることが貴重なことなのかと思った。ブロンに腹を立てる理由などなにひとつなかった。ブロンは暗い考えに満ちた執着心などなかった。いや、彼はそのような人間ではありえなかった。ブロンは、彼の好きなマンガでいつも威勢のいい馬を愛していた無垢《むく》な少年にすぎなかった。

だから、さっきまで腹を立てていたぼくは、次の瞬間にはとても後悔していた。ぼくはブロンに近づき、首に巻かれていたホースを外し、トイレから連れだした。ブロンの体はまだ震えていた。

ぼくはブロンの体を支えながら、空いていた学生食堂まで連れていった。ブロンは涙を流すことなくすすり泣いていた。それを見てぼくの胸はしめつけられた。ぼくはブロンの大好きな、もっとも大きなサイズの甘い紅茶を注文した。ブロンはまだショックを受けたままだった。彼は本当にうちのめされていた。

「ご、ごめんよ、ブロン」自責の念に耐えようとしていたせいか、言葉がつまった。「悪気はなかったんだ。そんなつもりじゃなかった。本当にごめんよ、ブロン」

ブロンは紅茶のグラスを見つめていた。

「飲みなよ。きっと気持ちが落ち着くよ」ぼくは突然、ブロンのことをまるで弟のように、いままで持ったことのない、そしていつも欲していた弟のように感じた。ブロンはまだだまったままだった。そしてぼくはふと思いついた。これはブロンにあることを説得するためのいい機会ではないかと。

「でもブロン、これは君が馬について考えるのをやめる、ちょうどいい機会かもしれないよ。馬のことだけをいつも、朝も昼も夜も考えつづけ、エネルギーも時間を費やしつづけている」

ブロンは顔をそむけ、校庭に目を向けた。彼はこの期間の自分の異常性について思いをめぐらせているようだった。

「馬の話はもう十分すぎるんじゃないか、ブロン？　馬について話すことでなにが得られるか考えようよ。今回のこのケンカも、ぼくたちが得たものだよ」

ぼくはできるかぎり落ち着いて話すように心がけた。ブロンはゆっくりとうなずいた。ぼくが意味することを理解すると同時に自分のまちがっている部分を理解しようと努力しているようだった。自分のウマ依存症を克服したいと考えているその反応を見て、ぼくはやる気が出た。

「思いだしてごらん。イスラームは、なにごとも過剰であることはよくないことを教えている。君は馬について過剰に考えすぎていると思う。ときどきならもちろんかまわないよ。一週間に一度、一カ月に一度、もしくは馬の繁殖期に一度。毎日じゃなければ。寝ても起きても馬のことばかり頭にあるのはよくないよ、ブロン！」

ブロンは目に涙をいっぱいにためていた。そして何度か深く息を吸った。そうすると彼の表情は明るくなった。ひどく悪い夢から目覚めたばかりの人のように見えた。ぼくはさらに力がみなぎる。

「世界にはほかにもたくさんのすばらしいものがあるんだ、ブロン！　世界は馬の鞍《くら》よりももっと広いんだ！　もっと勉強に力を注ごうよ！　ブロン、ぼくたちはできるだけ上の学校に行くべきだ！　ぼくたちの親たちのような鉱山労働者にならないように」

ブロンは何度もうなずき、自分自身の頭をさすりながらほほ笑んだ。なんということだろう！　ブロンは、明るいいきざしと同時に依存症の克服も果たそうとしている！

ああ、なんという喜びだろう！　ぼくはついに、馬にとりつかれてしまったブロンを解き放つことに成功したのだ！　ぼくはその空間のカギを見つけ、何十年も彼を悩ませてきた苦しみから彼を解放したのだ。よく気がおかしくならないで耐えてきたものだ。神に感謝いたします、アフマド・ジンブロニ、ぼくの最愛の友人、ぼくたちの弟、今日、君は、馬の狂気から回復したのだ！　この特別な日を祝し、孤児院に寄付をしたい気持ちだ。

ブロンはぼくの手をしっかりとにぎり、その手を何度も強く振りつづけた。彼は力強くほほ笑み、確信に満ちていた。その表情は、これまでの悲観的な過去を置き去りにし、輝かしい未来の準備ができていることを明確に伝えていた。ぼくは涙を流し、ぼくたちはたがいに感動的に見つめあっていた。

多くの人がブロンを直そうと試みてきたことを知っているので、ぼくは本当に感極まっていた。ブロンでさえ、つきまとう馬の幻影を追いはらうためにさまざまなお祓《はら》いを受けていた。そうした試みもすべて失敗だった。意外にも、ぼくの怒りが、ブロンにとって効果的な「ショック療法」になったわけだ。うれしくてぼくの胸ははちきれそうだった。ブロンとぼくの強いきずな、くもりなきぼくたちの友情が、治療のための呪術的な力を持っていたのだ。

「イカル…」ブロンはとても優しく、秘密に満ちて言った。ぼくが彼を馬の狂気から救ったので、心からの感謝を意味する呼びかけだった。

「うん、ぼくの愛する兄弟、ブロン」ぼくも、愛情をこめて答えた。ぼくは彼を抱きしめたい気になった。ブロンはぼくの耳に口を近づけてささやいた。

「ポニーについてもう話したことあるかな?」

志望理由の作法

Motivation Letter

第四学期の期末試験が終わった。おどろいたことにぼくの順位は二位となった。以前、まだ虹の少年学園《ラスカル・プランギ》にいたころ、ぼくはいつも二位だった。いつも一位に君臨していたのはリンタンだ。しかし高校のレベルは高く、生徒数ははるかに多い。というわけでこれは、ぼくの最高成績であるのはまちがいない！

それまでずっと二位を維持していたアビディンに勝ちたいと思っていたので、この結果はぼくにとって感慨深いものだった。長年の目標であった、タフなぼくのライバルはいまや三位に下がった。どうだ！

アライはまたしても最高成績をおさめたので、校長先生は父さんの名前を呼び、一位と二位の二人の子どもの成績証を同時に手渡した。それはきわめて異例なことだったので、校長先生はおもわず父さんにハグしたほどだった。副校長であるムスタル先生は席から立ち上がり、ぼくたちのために長い拍手を送った。ほかの出席者もそれにつづいた。式典後、ムスタル先生は冗談めかして父さんに言った。秀才の息子たちを手に入れたのはきっと4ポケットのサファリシャツのおかげですね、と。

ぼく自身わかっていた。ぼくは急に頭が良くなったわけでも、ライバルの生徒の頭が悪くなったわけでもない。もう明日は来ないものと思って、本当に必死で勉強したのだ。ぼくはいつも、一九八九年四月十四日金曜日に、父さんに起こった悲劇を心に留め、一生懸命に勉強したのだ。父さん、母さん、そしてアライが、あの出来事をどう受け止めていたかは知らないが、ぼくにとってはトラウマだった。

アライはさらに圧倒的な能力を見せていた。とくに、数学に関する実力はずば抜けていた。彼が大学レベルの数学の本を読んでいるのをよく見かけた。アライはどうしてそこまで頭が良くなったのか、それは本当に謎だった。ひょっとして体内に残るマラリア原虫のせいではないかと思ったりもした。それについて本当に興味があった。

「アライ、まだマラリアが体内に残っていると思うか？」

アライは、そのとき読んでいた本から顔を上げ、ぼくを見つめ、言った。

「身体は世俗的な堕落の刑務所であるが、精神は永遠の解放者である」

ぶ厚い本を読み、アライはそんなふうに新たに得た知識を引用するのが好きだ。

映画館の事件のあと、アライとムスタル先生は「停戦」に合意したようだった。もうそんなおかしな出来事もなく、しばらくおだやかな日々がつづいた。しかしその平穏な日々はまたしてもアライによってやぶられた。アライが学校の制服ではなく、公務員が着用しているようなシャツで登校したことによって。

「アライ！　君は学校を港湾局かなにかだとかんちがいしていないか?!」ムスタル先生は怒り心頭だ。その口ヒゲは怒りのために震えている。アライは起立し、理由を説明した。昨日、学校からの帰路で、ぬいぐるみを抱え路上で叫んでいる女性を見かけた。その女性の衣服はぼろぼろで、ほとんどはだけていた。そこでアライは、着ていた制服を脱ぎ、その不幸な女性に着せたのだという。

それは事実だった。ぼくも立ちあがった。ぼくはアライといっしょにいたので嘘ではないと証言した。そのとき、アライは制服をあげてしまったので上半身はだかで家に帰り、市場を通ったので大勢の人が見ているはずだと証言した。

「座りなさいイカル！　君の証言は必要ない」と先生はどなった。

アライはアンダーシャツをのぞけば残りは三枚しかシャツを持っていない。高校のシャツ、4ポケットのサファリシャツ、公務員風シャツの三枚だ。その公務員風のシャツをどこからアライが入手したのかぼくは知らない。

「このシャツは今日の数学の授業にぴったりだと思いますよ、先生」とアライは言った。先生が自分の髪をかきむしるのをぼくは見た。

アライとはそういう人間だ。以前も、とてもひどい靴をはいている別の生徒に自分の靴をくれてやって、アライは裸足《はだし》で帰ったこともある。

数学の授業は終わり、男性が教室に入ってきた。ぼくたちは同時に姿勢を正した。ぼくたちはいつも彼がやってくるのを心待ちにしていた。彼はぼくたちの学校の校長、バリア先生だ。バリア先生は落ち着きがあって、辛抱強く、おだやかに話し、そして聡明だ。バリア先生はまだ若かった。ムスタル先生よりもはるかに若く、さっそうたる風姿だ。彼が話しはじめるとぼくたちは集中して耳を傾けた。

言葉を発することなく、バリア先生はチョークを取り、黒板に、さっきまでムスタル先生が書いていた数式の上に、世界地図を書いた。ムスタル先生はぼくたちのほうへ向き直し、ぼくたちひとりひとりの顔を見つめた。

「情熱を持ち、他人を思いやり、つねに誠実であり、そして夢を持つこと。みなさんが学ぶ上でそのことを大切にしてください」

おそらくそれが、バリア先生が最初に数式を消さずに世界地図を描いた意図であろう。

「高校卒業まで残り二学期のみであることを忘れないでください」と彼はつづけた。

「悔いのないよう高校生活を過ごしてください。そして世界への冒険に旅立ちなさい。できるかぎりの高みの知識を求めて！　どんな国へでも！　けっしてあきらめないでください！」

ぼくはイスから飛びあがりそうだった。こんなすばらしい先生と出会えて、ぼくたちはなんて幸運なのだろう。虹の少年学園《ラスカル・ブランギ》にはハルファン先生がいた。高校にはバリア先生がいる。

「先生、どうすればできるだけより高い教育を受けることができますか？　ぼくたちはただの貧しいスズ採掘労働者の子どもです」とアライはたずねた。

「わたしも貧しい子どもでした。わたしの父も、みなさんのお父さんと同じようにスズ採掘労働者でした。でもわたしは学校に行くことができ、大学に進学し、教師になることができました。進学することができたのは、奨学金を得ることができたためです」

それからバリア先生は、どのように奨学金を探したのか、いかに競争がはげしかったか彼の経験について話してくれた。

「数十の奨学金があることもありますが、それに対し数千人の応募者がいます。成績が良いだけでなく、高い志を持っていなければ、奨学生になることはできません」

それからバリア先生は、奨学金の取得に成功するためのヒントやコツを教えてくれた。

「難易度の高い学力試験のほか、申請書類を正しく作成する必要があります。様式は、国内の大学、海外留学のための奨学金もすべて同じです。その申請書類のなかでもっとも重要なのは、「志望理由」の項目です。なぜ自分自身が奨学生としてふさわしいのか、二分の一ページのなかで説明しなければなりません。なぜわたしが奨学金を得ることができたのか。それはその志望理由が、効果的で明瞭、そして情熱的であったからです！　審査委員にそのように印象づける必要があります。みなさん、そのとき、わたしがどんな志望理由を書いたのか知りたいですか？」

生徒全員が高く、高く手をあげた。アライは立ちあがってまで手を高くあげた。バリア先生は背中を向け、黒板のほうを向き、書きはじめた。

わたしは経済的理由から本奨学金を必要としています。貧しく、自分自身の経済状況では学費を捻出することができません。一方で、だれよりも知識を獲得したいという気持ちを強く抱いています。この奨学金によって提供された分野はわたしの関心と合致しています。もし同学科に合格したら、この奨学金を与えてくれた貴財団に貢献できるよう奉仕するつもりです。

先生はふたたびぼくたちのほうに向き直した。

「見てください、この志望理由は三つのポイントで書かれています。「貢献」「関心」「経済的理由」です」

急いで生徒たちはその志望理由を書き写した。アライはそれどころかノートを持って前へ進み出た。おそらく見えにくい文字があったのだろう。

その午後、チョークでぼくは、下宿のベニヤ板の壁にその志望理由を書いてみた。数日後、ぼくたちはそれを句読点にいたるまで暗記した。

「奨学金を得るんだ、イカル！」その日の午後、魚市場で働いていたとき、アライはほとんど叫ぶようにそう言った。

「絶対だ！　できるかぎりの高い教育を受けるんだ！　どんな国にでも行ってみたい！　そして世界を冒険するんだ！」

ぼくは台に飛び乗って、アライの言葉をまねて叫んだ。周囲の人々はぼくたちを見ておどろいた。

「奨学金だ！　冒険だ！」

そのとき突然、ブロンがあわてふためき新聞をはためかせながらやってきた。ぼくたちの目の前までやってきたときには息も絶え絶えだった。

「お、お、おい…　み、み、見て、こ、こ、これを」ブロンが新聞をぼくに突きつけた。「よ、よ、読んでくれよ…　い、一面だよ！」ぼくは新聞を手に取った。一面にはたくさんの見出しがあったが、ブロンがどのニュースを意味するのかすぐにわかった。びっくりした。われわれの動物園に馬がやってくるとのニュースだった！

記事によると、来週、外国の馬が四頭、すなわち二組のつがいがやってくるという。これは本当にビッグ・ニュースだ。地元の新聞が一面で扱うほどなのだ。馬は、ぼくたちの動物園だけでなく、ぼくたちの島にも一度も存在したことのない幻の動物だ。なんという歴史的事件なのだろう。まもなく、象と同じくらいの大きさの馬たちが船からあらわれ、このマレー人の土地を、そのがっしりとした四つ足で踏みしめるのだ。この小さな、離島であるブリトゥン島の文化のなかには馬が存在しない。

マレーの古い文献のなかにも馬についてはひと言も書かれていない。そういうわけでぼくたちにとって馬は、国家間の相互理解と友好の印となる、親善大使になりえるのだ。

そしてぼくたちの島はちょっとした騒ぎだ。だれもが馬について興奮して話しはじめた。ぼくの知るかぎり、この島の人間が熱狂するのはこれが二度めだ。つまり、一九八九年の大規模な昇進イベントと、そして今回の四頭の馬の来島だ。「わが島へようこそ」と馬を歓迎する横断幕も張りだされている。

ブロンはというと、それから食事ものどを通らず、眠ることができず、そしてだまっていることもできなくなった。落ち着きなくブロンは、馬を乗せた家畜船が入港するのを待った。いつものように、動揺すると、彼は吃音が出てしまうのだった。

「イ、イ、イ」と彼は言った、彼はぼくの名前すら言えなかった。

「ぜ、ぜんうちゅ、うちゅ…… た、た、たしゅけ……」彼は何度か深呼吸をしたが、言わんとしていることを言い終えることができなかった。

ブロンが言いたいのは、心の底から本当に願っていれば、全宇宙がその願いを叶えるべく助けてくれる、という陳腐なお決まりの文句だ。馬を見ること以上にブロンの望んでいることはない。だから全宇宙がその願いの実現を助けてくれているのだ、と言いたいのだ。

「一九九一年七月十二日の日曜日は、ぼくの人生でもっとも重要な日になる」とブロンは落ち着いて言った。それはたしかに馬が到着する日だ。ブロンは突然どうして流暢に話すことができたのかって？　それは話したのではなく、書いたからだ。

日曜日の午後、桟橋はおどろくほど混雑していた。だれもが馬を見たいと、その歴史的瞬間を目撃したいと集まってきたのだ。わざわざトラックで地方の村からやってくる者たちもいた。動物園の経営陣、役場の課長、地元の議員たちはなにがそんなに忙しいのか、しきりに行ったり来たりしていた。

ちょうど四時に、港湾事務所は船が入港しようとしていることを知らせる長いサイレンを鳴らした。人々から大きな拍手と歓声が起こる。しかしさっきからブロンの姿が見えない。ああ、どうやら彼はアスファルトの樽の山のうしろに隠れているようだ。その気持ちはわかる。何年も待ち焦がれてきたことが、いま目の前に起ころうとしているのだ。ときどき、ブロンの頭が樽のうしろから見えたり引っこんだりしている。

ついに船が停泊した。船体のドアが開き、桟橋から船まで木製の橋が架けられた。まばたきすることなく歴史的瞬間を見ようと、人々はじっと見つめていた。テレビでしか見たことのない大型の四頭の馬が出てくるのを、いまかいまかと待っていた。カナダの馬、アメリカの馬、アフリカの馬、またはエジプトの馬かもしれない。ああ、ブロンはそういえば、エジプトの馬は世界でもっとも偉大な馬だと言っていた。たくさんの人々が前へと押しよせた。警察は何度も笛をふき、拡声器で叫んだ。

「近づきすぎないでください！　近づきすぎないでください！　馬が通りますので危ないです！　馬はかみつくおそれがあります！　注意してください！」

一部の人々は引き下がったが、一部はかたくなに動かなかった。子どもが母親に怒られている。

「下がりなさい！　馬にかみつかれるかもしれないよ！」

少年はだまっていた。馬を間近で見ようとさっきから最前列に陣取っていた。馬にさわってみようと思っているのかもしれない。突然、大きな足音がした。信じられないことに、四頭の馬の足音は数十頭の牛の足音のように聞こえた。それから人々が叫ぶ声がした。しばらくして、船の出入り口にあらわれたのは牛たちだった。ああ、その蹄《ひづめ》の足音はたしかに牛の群れだった。牛の群れが船から降り、木製の橋を渡り、みすぼらしい帽子をかぶった男に導かれてトラックへと向かった。次に聞こえてきたのはメーという鳴き声だった。あらわれたのは山羊だった。馬はまだ出てこない。馬は最後に出てくるのだろう。牛と山羊は言うなれば前座のようなものだ。しかし、突然、船の出入り口に大きな男があらわれ、くさい牛や山羊にいらだっているかのように、船のドアをはげしく閉じた。

四頭の馬はどこにいるのだろう。人々はとまどっていた。動物園の経営陣、役場の課長、地元の議員たちはおたがいにたずね、肩をすくめている。小さな男の子が山羊の群れを指さした。「馬だ！　馬だ！」だれもが小さな男の子が指している方向に向きを変えた。そこには山羊の群れのなかに、少し背が高くて大きい動物が見えた。その動物はまだ船酔いしているかのようによろよろと歩いていた。

「あれはロバだよ！　馬ではないよ！」少年の友だちは言った。

「馬だ！　馬だ！」と少年は本のページを見せながら言った。

「この写真を見て、あれは馬だよ！」

人々は、小さくてやせこけていて、まるで病に犯されているような一頭の馬に釘づけになっていた。

「鳴いてごらん！　足をあげて、ヒヒーンと鳴いてくれよ！」少年は言った。馬は沈黙したままで、頭を下げて足を引きずっていた。聞こえてくるのは、不安げで、交尾を求めている山羊の鳴き声ばかりだった。

その馬は、埠頭に近づくにつれて、ますます病んでそうで、おびえていて、不幸に見えた。その皮膚には奇妙に斑点があり、たてがみは鈍く、しっぽはぐらぐらと悲しくゆれていた。小さな男の子は馬に近づき、それをなでた。彼はかまれることを恐れていなかった。母親もまた、彼が望むものに注意するように彼に警告しなかった。それはなにもしてこないように見えた。それは運命の慈悲に屈した生き物のようであった。

ぼくはまわりを見まわした。さっきの役所の課長や議員も、警察ももはや姿を見せなかった。どこに消えてしまったのかわからない。それからぼくはブロンも見た。彼はまっすぐ立っていて、馬から目を離すことができなかった。そう、ブロン、全宇宙は本当に君が欲していたものを送り届けるべく団結したのだ。一頭の皮膚病をわずらった馬を。

アライの初恋

Cinta Pertama Arai

その馬のことがスキャンダルに発展するまで長くはかからなかった。地元の新聞は、動物園に四頭の立派な馬を連れてくることを約束して大金を稼いだ役場の課長と議員の共謀を報じた。なにが起こったのかというと、どの動物園でも引き取らなかった皮膚病の動物を、わが動物園はふたたび受け取ったのだ。その馬は余命わずかな動物として、われらが動物園のほかでお払い箱になった動物たちの仲間に加わることになった。

その後、特別なことはなにも起こらなかった。ブロンといえばますます熱心に動物園にかようようになった。ほかのみんなにとってその馬は汚職に利用された皮膚病の馬にすぎなかったが、ブロンにとっては、全宇宙からの運命の贈り物だった。ぼくはさらに勉強に励んだ。アライに次ぐいまの成績を維持しようと必死だった。アライに代わって首席をとろうとは一度も考えたことはない。彼を超えることは不可能だとわかっていた。

アライという存在はいわばパラドックスだ。とくにがんばって勉強しているわけでもないのに、成績はずば抜けていた。一部の人間はたしかに特別な知性を持っている。

アライについてもうひとつ言えることは、とんでもなく気前の良い男だということだ。彼の持っているものはなんであれ、いま着ているものでさえ、それを躊躇《ちゅうちょ》なく手放し、それを必要としているものに気前良くあげてしまう。頼まれたわけではないにもかかわらずだ。アライには所有欲というものがまるでなかった。強欲だとか意地汚さとか、貪欲であるという性質をまったく持ち合わせていない。でもひとつある。読書に関してはアライは非常に貪欲だった。

地元の図書館や学校の図書室でさまざまな本を借りてきては、山のように積み上げている。ほかの生徒の貸し出しカードを借りてまでして、さらに多くの本を借り出していた。そしてそれらの本を夜遅くまでむさぼるように読んだ。バリア先生と出会って以来、その読書量はますます増えている。とくに冒険ものや探検ものの本が多いようだ。ぼくはアライが本を読んでいるのを見るのが好きだ。読書にあまりに集中しているので、本当にどこかほかの世界に心がいってしまったかのようだ。いつもふざけて、にやにやしているアライが、読書には真剣なまなざしで没頭している。その二面性は、マラリア原虫が体のなかに潜んでいることと似ている。

季節はめぐり、十月になった。十月二十三日に、雨季の最初の雨が降るのをぼくは待っていたが、その年は降らなかった。それから一週間ほどして、最初の雨は強風と雷鳴をともなってやってきた。稲妻が次から次へと空を走る。その後も不安定な天候がつづいた。十月二十三日の最初の雨についてのぼくの理論に、さらに確信を持つことになった。

高校最後の一年を迎えていることなどまったく実感がなかった。普通の十代男子と同じように、自分勝手で、騒がしくて、いいかげんで、好奇心が強く、つねに注目を浴びたいと思っていた。ぼくはますますアライのことを尊敬するようになっていた。同年代のなかで彼は飛び抜けて知識が豊富だった。さしずめ歩く百科事典だ。ぼくが彼になにかをたずねると大抵のことは造作なく教えてくれた。そういう意味でぼくは本当に友に恵まれている。虹の少年学園《ラスカル・ブランギ》ではリンタンという天才少年の友人がいた。そしていまアライがいる。ぼくの人生のなかで出会った二人目の天才だ。

ぼくたちが出会ったときアライはたった十歳の少年だった。いまはすっかり青年となった。彼はやせていて、少し背が高く、カマキリのようにぎこちなく歩く。もうすっかり若者なのだが、目だけは十歳の少年のころからまったく変わらない。無邪気で、いきいきとした目は、一〇〇パーセントの肯定的なエネルギーを放っている。ぼくは、前からずっと知りたいと思っていたことを、アライにたずねてみた。

「アライ、君はもう恋をしたことがあるのかい?」

「ああ、もちろんだ!」少しも考える間もなくアライは即答した。彼はいま読んでいる本から目を離すことさえしなかった。

「ええ本当!?　相手はいったいだれなんだ?」

「ザキア・ヌルマダだよ!」きっぱりと彼は答えた。本から目線を上げることはなかった。

ザキア・ヌルマダなら知っている。ひとつ下の学年のマレー人の女の子だ。2-Aクラスの、えくぼの印象的な彼女は、たしかに男たちをドキドキさせるような美少女だ。どうやらアライはすでに何度もザキアに袖《そで》にされたらしい。アライの人を夢中にさせる六十の方法をもってしても、ザキアを振り向かせることができないようだ。ザキアに近づくことが難しいため、彼女が好きなマレーの歌を、ギターを弾きながら歌うという考えをアライは思いついた。どうやらそれが六十一番目の魅力となりそうだ。

ギターを弾くのも歌うのも得意ではないアライは、ザキアに捧げる一曲だけを徹底的に練習することにした。「秘めた想い」、それが曲のタイトルだ。その頭のなかにあるほかの突拍子もないことと同様に、または体内に潜むマラリア原虫がそうさせるのか、映画や小説で描かれるラブ・ロマンスからアイデアを得て、ザキアの目の前で、またはその自宅の窓の外で歌を捧げようとしているのだ。アライの興味は、ザキアに歌を捧げることだけでなく、映画や物語のワンシーンを再現することにあるのかもしれない。それも彼にとって魅惑的な冒険なのだ。

アライは、ぼくたちの村の伝説的なミュージシャン、マレー楽団のリーダーであるザイトゥン氏からギターと歌を教わりはじめた。ザイトゥンさんもアライと同様、普通ではないところがある人だ。

レッスンの見返りとして、アライは楽団の音響担当になることを申し出た。彼はすべての裏方仕事をテキパキとこなした。彼自身、そのわが村の楽団の大ファンだったからだ。

ぼくとブロンは、アライのレッスンの現場につき添った。その老齢の音楽家にアライが何度もののしられるのを見るのは半端なく心地が良いものだった。音楽に関してアライはひとかけらの才もなかった。

「貴様の耳は単なる鍋《なべ》なのか⁉」ザイトゥンさんはどなっていた。

「唄うんだ！　おまえは吠えているだけだ！」翌日もザイトゥンさんはどなっていた。しかしザイトゥンさんがアライをはげしく罵倒すればするほど、アライはその曲をものにしようとますます躍起《やっき》になった。それが恋の力というものだ。

ぼくはアライに、どのようにザキアと出会い恋に落ちたのか聞いてみた。とある日、学校で彼は小便をしたくてトイレに向かってのんびりと歩いていた。そのとき、駐輪場のほうから破裂音が聞こえた。あわてて駐輪場へ向かったところ、女子生徒が自転車の空気入れをつかんだまま座っていたのだ。彼女は破裂したタイヤチューブを前に、いまにも気を失いそうな青白い顔をしていた。空気を入れすぎてチューブを破裂させてしまったのだろう。アライと何人かほかの生徒たちはその女子生徒を励まそうとしていた。

「そんなふうにぼくはザキアと出会ったのさ、イカル」

「なるほど」とぼくは言った。

「さっきまで小便したかったはずなのに、すっかり忘れてしまった」

ぼくは感動していた。これまでたくさんの恋愛小説を読んできたつもりだが、これほどロマンティックな出会いがあっただろうか。

「ザキアにもう告白したのか？」ぼくはたずねた。

「ああ！　もちろん！　もう何度も言った」

「それでどうだった」

「最後に彼女が言ったのは、自転車に空気を入れながら、ぼくの顔を見るのはもううんざりだと」

ぼくはふたたび心を打たれていた。そんな切ない失恋を経験した人間がこれまでにいただろうか。

「それでもこりずに、ザキアにまだ気持ちを伝えようとしているのか？」

「そうだよ！」

「なぜ？」

アライは読んでいた本を置き、ぼくの顔を見つめた。

「それはな、イカル。この世界が孤独な人間であふれているのは、愛を伝える勇気がないからだ」

リンガン川

Sungai Linggang

十一月に入ると天候はさらに悪化し、漁師も海に出なくなった。サトウキビとコプラを積んだ運搬船も、埠頭《ふとう》に停泊しなくなった。つまりぼくとアライとブロンが仕事を見つけるのは難しくなった。サトウキビとコプラの船がそれほど長く入港できなくなるとは思っていなかった。

その日の午後、学校から帰る途中、ティマー社の本社前にたくさんの労働者が集まっているのを目にした。すでにぼくは地元の新聞で、スズの国際市場価格の下落についてのニュースを知っていた。ぼくたちの島の経済はスズに大きく依存している。ニューヨークでの取引価格がたった一パーセント下落しただけで――ほとんどの労働者はニューヨークがどこにあるかは知らない――ぼくたちの地元の市場はきびしい状況になる。これがグローバリゼーションだ。

状況はさらにきびしくなる見こみで、危機に備えるために会社は事業の縮小を決定したのだ。ぼくが見た人だかりは、解雇された労働者たちだった。村に戻ったときにぼくとアライがおどろいたのは、すでに多くの同僚が解雇され、父自身も、三週間後には一時解雇されることになるというニュースだ。一時解雇された労働者たちは、状況の改善の見通しが立てば、すぐにでも再雇用されるとの話だった。しかし不運なことにスズの価格は下落しつづけていた。

ぼくたちの島の経済はまたたくまに崩壊した。なにせ数千人もの労働者が一度に仕事を失ったのだ。ぼくたちの運命は手のひらを返すように一瞬にしてひっくり返った。だれもが突然、動揺し、気力を失い絶望した。毎日のように商店や食堂、屋台《ワルン》が店を閉じていくのをぼくたちは目にした。営業しつづける屋台《ワルン》にはほんのひとにぎりの人々がやってくるだけだった。もはやチェスに興じる人々や冗談を言いふざけあう人々の姿を見ることはなかった。それは本当に異常な光景だった。屋台《ワルン》はいつも人々でにぎわい、ぼくたちの地元の、あらゆるすべてのことの中心だったのだ。いつも活気のあった魚市場も桟橋も突然ひとけがなくなった。町のあいだを往来するバスも、乗客を探し叫びつづけるバスの助手たちの姿も、すっかり見かけなくなってしまった。

廃鉱により住民がいなくなってしまった町はけっして珍しいわけではない。スマトラ島ではすでにいくつかの町がそのような運命にあっている。この世界で廃鉱の町の物語を描く物語はたくさんある。とにかくぼくたちの島も、そのような運命にあるようだ。にぎわい、輝いていたベランティックの町は、ゴーストタウンと化す運命にあった。

もっとも悲痛な気分にさせられるのは、同級生がひとり、またひとりと、やむをえず学校を去るのを見ることだ。なかには成績がとびきり優秀な生徒もいる。ひりひりするような痛みとともに、彼らはドロップアウトした。やむをえず、彼らは職を失った父親に代わって生計を立てるために海や川で働いたり、畑を耕したりしなければならなくなったのだ。

その朝、学校の前でぼくはアビディンに出会った。彼は学年三位の成績だった。ぼくはなんとか学年二位の成績を維持していた。彼は自転車を押して歩いていた。その足どりは重く、沈んだ表情を浮かべていた。

「どうしたの？　どうしてそんなに落ちこんでるんだ？　そしてなぜ自転車を押して歩く？」

アビディンは答えなかった。顔の向きを変え、アビディンはうつろにぼくたちの学校を見つめた。アビディンはがっしりとした大柄な体格で、ぼくと同じく採掘労働者の息子だった。彼は少し感傷的な傾向があり、マレー劇のドゥル・ムルックに出てくる泣き上戸《じょうご》の人物は、アビディンがよく演じる役で、しかも上手かった。ぼくがアビディンの成績順位を追い抜いたときなど、二日二晩、号泣したそうだ。

ぼくがふたたびたずねると、父がティマー社を解雇されたために、学校をやめることになったとアビディンは言った。

「父さんは毎日なにもすることがなく、すっかり気力を失っている。食欲もなく、だれとも話そうとしない」

ランサの実はもちろん木から遠いところには落ちない。

「弟たちがたくさんいて、しかもまだ小さいんだ」

「それで、どうするんだ？　これから」

「ポンツーンで働くよ、イカル」

「ポンツーンだって？　ちょ、ちょっと待てよ、ディン！　やめとけよ、あまりに危険な仕事すぎる！」

　ぼくは埠頭《ふとう》でアルバイトをしていたので知っている。海上に浮かぶ、粗末な木製ポンツーンで働く子どもたちが数えきれないほど事故にあっていることを。もし嵐にあったら海へと放りだされるような危険な場所だ。亡骸《なきがら》の多くは見つかっていない。

「ほかの仕事を探そうよ、ディン。なんでもいい、でもポンツーンだけはだめだ！」

「ほかになんの仕事があるというんだ？　イカル。雇い主が前金で払ってくれるのはポンツーンの仕事だけだ。ぼくたち家族は食べるためのお金が必要なんだ」

　アビディンは目に涙をためていた。心のなかまではわからなかった。ぼくはアビディンの肩をたたいた。アビディンはうなずき、涙が地面へと落ちた。その大きな体と無邪気な顔が涙を流すと、さらに痛ましい光景を引き起こした。ああ、アビディン、頭脳明晰で、感受性の強いぼくの友人、できることなら力になりたかった。

　どれだけアビディンが学校を好きなのか、ぼくは知っている。ぼくとアライと同じように、彼も一族のなかで高校に進学したはじめての子どもだった。どれだけ彼が成績評価をほこらしく思ってきたことか。この苦い現実は、ぼくの人生のなかで二度目の経験だった。虹の少年学園《ラスカル・プランギ》一の天才少年だったリンタンは、経済的事情でやむをえず学校をやめた。そして今回、その悲劇は、同じく優秀な生徒であるアビディンを襲ったのである。あまりに不公平だ。そしてようやくぼくはわかった。なぜ彼が自転車を押して歩いていたのか。あまりにつらすぎて、もはや自転車のペダルを踏む気力も残されていなかったのだ。

「もし、ぼくが海でいなくなったら、イカル…もし…」彼は最後まで言い終えることができない。彼は校庭のほうに目をやり、大通りへ向けて自転車を押しはじめた。ほかの生徒たちの流れに逆らって。彼らは校門がまもなく閉じられるので急いで駆けこもうとしている。

ぼくは校庭の先にたどり着くまで、アビディンの背中を見とどけた。遠い自宅まで彼は自転車を押しつづけるのだろうとぼくは思った。始業のベルが鳴った。

「おい君、入るのか、入らないのか？　門を閉めますよ！」と守衛が言った。ぼくは門を見つめたままその場に立ち尽くしていた。それからぼくは向きを変え、アビディンを追いかけた。

Ω

バリア校長はいまの危機的状況を理解していたので、足しげく教室にやってきて、生徒たちを励ました。バリア先生の話を聞いてぼくの気力はふたたび燃えあがった。しかし学校からの帰りに、ティマー社の社屋前でぼう然としている労働者たちを見ると、アビディンのことを思いだし、ぼくの気力はふたたびパラパラと抜け落ちた。

小学校から公立の中学校へ進み、そしてこの二年間高校で学んだ合計十一年間のなかで、校門の前でアビディンと会ったその日、ぼくははじめて学校をサボった日となった。そして十一年間のなかではじめて、これからの将来、教育機会に対し、悲観的な気持ちになった日となった。

ぼくは毎日午後、勉強していたが、そのとき以来ぱったりとやめてしまった。いまや時計台の下に座ってただ物思いに沈んでいるのを好むようになった。まわりを見渡せば、貧困や不正、暴力、汚職が横行している。それは子どものころからよく知っていた。ぼくたちの島は、世界最大級のスズ産出を誇る島だ。過去には世界のスズ需要のすべてをぼくたちの島だけで供給していると言わしめたこともあった。でもぼくたちの島の住民は世界最大級の貧しさだった。

五十一年間こわれたままで、だれも修理しようと思う者はいない時計台。最後のときが間近に迫っている年老いた動物ばかりの動物園。大量解雇の憂き目にあったスズ採掘労働者たち。これらの、ある種の呪いとも言うべき採掘労働者たちの貧困のアイロニーは、ぼくが生まれ育った場所がどのような土地であるのか、そしてこれからどんな将来が待ち受けているのかについて、十分に教えてくれている。

これまでぼくはさらに進学し、世界を冒険するという美しい夢にのぼせあがっていた。結局のところそんな夢は、月に恋い焦がれるアオバズクが月にキスをしようと思うのと大差ない、非現実的な夢にすぎなかった。そんな夢は、疲れきった体に嘘をつき、午前二時に起きて市場で働き、そしてあわてふためきながら学校に向かわせるための、単なる策略にしかすぎなかったのだ。ああ、ぼくはもっと前に現実を理解すべきだった。

毎晩勉強をつづけてはいたが、勉強に集中することがどうしてもできなかった。先生に質問することもなくなった。宿題さえも面倒だった。先生に叱られてもだまったままだった。

一方、神さまにとって、ブロンとアライは並はずれた存在だ。ブロンはなにも気にしていなかった。馬になることを夢見る山羊のような馬にしか、ブロンの関心はなかった。毎日午後、ブロンはかならず動物園に馬に会いにいった。自分が汚職の陰謀の一部であることさえ気づいていない。

窓辺でギターを弾きながら調子っぱずれに歌うアライも影響を受けていなかった。彼は自分が音痴であることさえ知らなかった。日々、ザキア・ヌルマダに歌を捧げることに彼の気持ちは向かっていた。世界のスズの価格はこれ以上にないほどまでに下落した。たとえ空がくずれ落ちてきたとしても、ブロンとアライは気にすることもないだろう。

そしてついに第五学期の期末試験がやってきた。ぼくは自分の成績を見て腰を抜かすほどおどろいた。スカイダイブでパラシュートが開かないまま急降下するかのごとくのひどい成績だ。さすがのアライもぼくのひどい成績を見て目を丸くした。

これまでの成績は、けっして地頭が良いからではなく、本当に死ぬほど勉強していたことで保っていたことを、ぼくはもちろん気づいていた。ぼくはアライのような天才肌ではけっしてなかった。しかしいま、あらためて気づいたのは、ぼくのような人間は少しやる気を失っただけで、簡単にほかの者たちに追い抜かれてしまうのだ。

ぼく自身、成績のあまりの急落ぶりにぼう然とした。まるでジャコウネコがゆさぶってぱらぱらと落ちるランサの実のごとく、各科目の成績は軒並み落ちこんだ。

「どうした、イカルディン?! どうしてこんなにまでひどい成績になったんだ?!」

あるがままの現実に対して現実的になっただけだとぼくは言いたかった。どれほど一生懸命に勉強したとしても、未来はなにも変わらないことを。この貧しい島からぼくはけっして抜けだすことができない。ぼくの運命はすでに呪われており、この島のすべての男たちと同じく、労働者として生きていくほかないということを悟ったのだ。しかしぼくはただだまって目を伏せていた。

「二〇五番だ! 知りたいなら、それがいまの君の成績だ。二番から二〇五番に急落だ。恥ずかしいと思わないのか?! 今日からでもすぐにＦクラスへ移るがいい! 落ちこぼれのはみだしもののクラスだ!」

ぼくはさらにうなだれた。

「わたしはな、イカル。自分の息子がこの高校に入学して、イカルやアライのようになることを本当に望んでいたんだ。アライと君の成績を受け取る君のお父さんのように、どれだけ最前列に座りたいと思ったことか。ところが実際は、わたしの息子はだれでも入れるような高校にしか行くことができなかった」

　ムスタル先生が父さんについて話すのを聞いて、ぼくははっとした。

「大学進学や留学という志はどうなったんだ？　もちろんいまの島の状況はひどい。でも嵐は長くはつづかない。嵐はかならず過ぎ去るものだ。だから高い志を捨てるようなことだけはするな。わかるかイカル？　夢を捨てることが、人生においてもっとも大きな悲劇だ。そしてお父さんのことを考えたことはあるのか？　君のお父さんがどう思うのか想像してみたのか？」

　ムスタル先生がふたたび父について触れ、ぼくの心臓の鼓動が強くなった。

「かけてもいいが、君のお父さんは君の成績証を受け取りたいとは思わないだろう。恥ずかしい思いをするためにわざわざやってくるとは思えない」

　ああ、どうしてぼくはそのことにいままで気がつかなかったのだろう。

「わからないのか。君とアライはお父さんのもっとも大きな希望なんだ」

　ぼくは震えた。

「君の父親をほこらしい気持ちにさせるのは、君の成績を受け取ることを除いてほかにない」

　ぼくは涙をこらえることができなかった。

Ω

週末、アライは第五学期の成績証授与式の招待状を届けるために、村へひとりで戻った。ぼくは、ぼくのひどい成績を知るときの父さんの顔を見る勇気がなかったので帰らなかった。成績証授与式の前日は苦しかった。ムスタル先生の言葉が、止まってしまった時のなかでぼくをがっしりとつかんでいた。一分一分が長く感じられた。まるで季節が変わるのではと思えるほど。ある問いが頭のなかで堂々めぐりしていた。明日、はたして父さんはぼくの成績証を取りにきてくれるのだろうか？

父さんは来ない。数百番台の座席は空席であるのをぼくはしばしば目にしていた。親たちは子の成績証を受け取るとき、公衆の前で恥ずかしい思いをしたくないからだ。ぼくの場合、父さんに与える打撃はそれ以上だ。ぼくはずっと上位五位以内を保ち、前学期にいたってはアライにつづき二位だった。その夜は一睡もできなかった。終わりが訪れることのないそんな夜をぼくは経験したことがなかった。後悔に次ぐ後悔が積み重なっていく。

翌日の早朝、ぼくとアライは校門の前のバンタンの木の下に立っていた。父さんが来るであろうわずかな期待とともに父さんを待っていた。息子のために恥ずかしい思いをするために、わざわざ二十キロの道のりを自転車をこぎ、多くの坂を越え、こわれた橋を渡り、ぬかるんだ道を自転車を押して歩き、あらゆる困難を乗りこえて、ムスタル先生の言うとおり、わざわざやってくるとは思えなかった。

続々と学校へ集まってくる親たちを見てぼくはドキドキして心配になった。校庭の端をぼくはじっと見つめていた。昼近くになっても父さんはあらわれなかった。アライが向ける憎々しげな視線が、ますますぼくを落ち着かない気分にさせた。

学校にやってくる生徒たちの両親たちでさらににぎやかになってきた。ぼくに声をかける級友たちもいたがぼくは無視した。ぼくの注意は校庭の端に集中していた。ぼくは父さんがやってきますようにと千の祈りを捧げた。親たちの一団は少なくなってきて、鐘が鳴った。ぼくたちの成績を受け取るとき父さんは一度もおくれて来たことはなかった。父さんはやはり来ないのだ。後悔の気持ちでぼくはいっぱいだった。しかし、ぼくたちが校門をあとにしようとしたちょうどそのとき、自転車が曲がって入ってくるのが見えた。アルミニウム製の自転車のランプが太陽光を反射させて光っていた。ぼくは飛びあがった。父さんが来た！

ぼくたちの姿を見つけ、父さんは自転車のペダルをこぐスピードをあげた。重そうに自転車をこぎ、校庭を横切って、ぼくたちの前まで息を切らしてやってきた。

「やれやれ、おくれてしまったかい？　息子たちよ」父さんは満面の笑みを浮かべぼくたちにたずねた。汗をびっしょりとかいていた。途中で自転車のタイヤがパンクしてしまい、チューブを交換していた、と父さんは言った。

「おくれていないよ、父さん！」アライは答えた。

「父さんはおくれていない」

ぼくはというと、なにも言うことができなかった。なぜなら、もう何度も父さんがそれを着ているのを見ているにもかかわらず、ぼくは父さんが、タコノキの葉の良い香りがする4ポケットのサファリシャツを着て、しっかりと身だしなみを整えているのを見て息を呑んでしまったのだ。父さんはティマー社を解雇され、さらに二〇五番の席に座らなければならないのに、いつもと変わらぬことを、同じ誇りと喜びをもって、息子たちの成績を受け取るのだ。

ぼくたちは講堂へと向かった。父さんとアライは講堂のなかに入り、ぼくは外で待った。まもなくして、校長がアライの成績証を渡すために父さんの名前を呼んだ。ぼくは窓からのぞいてみた。アライの成績を受け取ったあと、職員は、そこからかなり後方の、二〇五番の座席へとうながした。

アライとぼくはつねに上位五人に入っていたので、父さんと顔見知りの親たちの多くは後方の座席へと向かう父さんを見ておどろいていた。ひそひそ話をする人たちのあいだを、父さんはぎこちなく通りすぎた。父さんに恥ずかしい思いをさせてしまったことをぼくは後悔した。ティマー社の本社前の広場で、父さんが経験した恥辱のトラウマが、ふたたびぼくにまとわりついていた。本当に心が痛んだ。なぜならば、父さんを恥ずかしい思いにさせているのは、その息子自身だったからだ。

父さんの名前はもう呼ばれることがないことをぼくは知っていた。校長が氏名を紹介するのは上位二十名の生徒の親だけだ。上位二十名が呼ばれたあと、職員は講堂の壁際の机に積み上げられた成績を取りに行くようにうながす。代わりにアライがぼくの成績証を取ることになった。父さんは成績証に書かれたぼくの名前を読むことができない。

一秒一秒が重苦しく、講堂から父さんが出てくるのを待った。ついにアライと父さんが講堂からあらわれた。駐輪場のところで父さんはぼくに近づき、そしてほほ笑んだ。その笑みはいつもと変わらない。ぼくの成績が良かったときの、息子をほこらしく思ってくれている笑みだった。その目に映るものは、なにがあろうと、ぼくがどんな状態であろうと、父さんにとってぼくはヒーローなんだということが明白だった。父さんのそうした態度がますますぼくの心を苦しめた。

元気でなと父さんは言った。これからの帰路の道のりを想像し、自転車のハンドルをにぎる老いた指を見るのが忍びなかった。父さんは自転車にまたがり、それからゆっくりとペダルをこぎはじめ、ぼくたちをあとにした。ぼくは父さんが遠くなり、見えなくなるまでその背中を見つづけた。

「これで満足か?」アライは怒っていた。ぼくは背中を向けた。

「これが望んでいたことなのか? 父さんを傷つけることが?」

ぼくは背中を向けたままだった。ぼくの目が濡れているのを見られたくなかった。

「どうしたっていうんだ? イカル。おまえの情熱はどこにいっちまったんだ? 夢はどこにいっちまったんだ? 教えてくれ、イカル。ぼくたちのような人間は情熱や夢をのぞいてなにも持っていない。ぼくたちは夢のために徹底的に戦うほかないんだ!」

アライの声がぼくの耳のなかで反響した。

「夢がなければ、ぼくたちのような人間はおしまいだ。おそらく、この高校を卒業したとしても、労働者になるしかないのかもしれない。でも、ここで、この学校で、ぼくたちの運命にしたがう必要はない! ぼくたちはこの学校でベストを尽くすんだ! なにが起ころうともだ!」

その瞬間、ぼくの目は開かれた。父さんの心のなかに秘められた大きな希望を見るために。無口な父さんが、なにひとつ要求したことのない父さんが、一度も語ったことのない希望を見るために。アライはぼくのそばに近づいた。

「夢を追いかけるんだよ、神さまはきっとその夢を抱きしめてくれるから」

アライの言葉がぼくの頭の暗い空間を突きやぶる。ぼくは向きを変え、走りだした。ぼくは校庭を横切って走った。校庭の端から、ぼくの村へとつづく数十キロの一本道が見えた。ぼくは父さんを追って、また走りつづける。オフィス街を抜け、市場を抜け、郊外の集落を抜け、走りつづけた。父さんはそんなに早く自転車で進まないとぼくは知っていたので、かならず追いつけると確信があった。

太陽はさらに高くなり、熱いアスファルトの上をぼくは走りつづけた。そしてついにぼくは広い、チガヤの草原を二つに切り裂く黒い線のような一本道に出た。チガヤは自由に解き放たれた風でかき乱され、ざわざわとゆれていた。そこで、その静まりかえった線の先に、ぼくはひとつの点を見つけた。父さんだ！　ぼくはさらにスピードを上げて走った。ぼくは足がヒリヒリと痛むまで走った。

ついにぼくは父さんに追いついた。父さんはすでにリンガン川の橋のなかほどにさしかかっていた。ぼくは父さんの自転車の横まで走った。父さんはおどろき、そしてうれしそうにほほ笑んだ。

「おお、イカル、イカル！」と父さんは言った。父さんは自転車を停め、汗で濡れた制服を見て目を丸くした。言葉を発することなくぼくは父さんの代わりに自転車をこいだ。父さんは自転車のうしろの荷台に座った。その荒れた労働者の手はぼくの腰を抱いていた。

南からの風が、その木製の橋を通り抜け、ぼくと父さんを何度もなでた。ぼくたちの下を流れるリンガン川の流れはゆっくりと、暗く、そして深かった。その上流は、これまで無視されてきた、マレーの貧しい者たちの哀しい歴史をたずさえている。その河口は一度も語られたことのないさまざまな希望を抱き、昼も夜もぱちゃぱちゃと音を立てるさざ波は、無限に広がる、父さんを想うぼくの気持ちを静かに歌っている。

落ちこぼれクラスへようこそ

Kelas para Pecundang

3−Fクラスの教室の前に、ぼくはぼう然と立ち尽くしていた。普段は全開であるはずのドアや窓が固く閉ざされている。物音ひとつなく、静まりかえっていた。いつもならドアや窓が開いていて、公立高で一番騒がしいクラスだった。ドアをノックしてもだれも出てこないので、カギのかかっていないドアを押したら開いた。その瞬間、サッカーのナショナル・チームのサポーターの、まるでゴールが決まったときのような歓声が起こった。想像を絶する衝撃だった。

「ボーイ！　落ちこぼれクラスにようこそ！」

生徒たちは爆笑しながら、ほとんどヒステリックに叫んだ。一番うるさかったのはブロンだ。笑うだけでなく、いななく馬のような身振りでおどり歩き、すぐそのうしろをほかの生徒たちもそれにしたがってつづいた。どうやらブロンはこの落ちこぼれクラスの人気者であるようだ。みんなは爆笑だった。この学校のもっとも成績優秀であるクラスから放りだされ、最低の落ちこぼれクラスに放りこまれたぼくを、もっとも温かみのあるサプライズで歓迎してくれたのだ。どの顔も日頃のうっぷんを晴らすことができて満足そうだ。このFクラスは、いつもAクラスの生徒たちから侮辱されつづけているからだ。しかし、ぼくが彼らの仲間になり、友情の証としてサプライズをしてくれたことはまちがいない。なぜなら、挫折し落ちるところまで落ちたという経験には、他人には理解することが困難な痛みがあるからだ。失意を経験したものがおたがいに肩を寄せあうのはそのためだ。

そんなわけでぼくはいま、Fクラスの生徒にとって異邦人、Aクラスのエリートたちにとっては敗北者、ブロンにとっては慰み者——やっと落ちこぼれの仲間ができたのだ——ムスタル先生にとっては期待を裏切った者、そしてアライにとっては親不孝者に成り下がったのだ。

それはひと言で言えば屈辱《くつじょく》だった。屈辱に満ちた感情がずっとつづいていた。でももう一度、スタートラインに立って、ぼくは人生をやり直そうとしていた。ぼくのヘマでだいなしにしてしまったことを修復しなければならない理由をかき集めた。それは父さんや先生たち、そして自分自身に対する道徳的責任だと考えた。

ぼくは、ティマー社の前で大きな悲劇に見舞われた父さんが言っていた「他人のために犠牲をはらうことで幸せを感じることができる者が一番幸せなのだ」という言葉を思いだした。ぼくはいま、自分のがんばりを犠牲ととらえ、人に最大限尽くすことで幸せを感じたいと思っている。この新しい理解によって、ぼくは生まれ変わったような気持ちになれた。新しいイカルであるぼくは、自分の運命を先まわりして決めつけたりはしない。どこにいても、どんなことがあっても、ベストを尽くしたい。

ぼくは深呼吸をして、バスマラ[6]を唱え、本を開き、まるで明日は来ないかのように勉強を再開した。

ぼくは自分で作りあげた学習法に立ち返った。秀才ではないが、学ぶことが楽しくて、知識を徹底的に自分に植えつける強い意志を持っている人のための学習法だ。学校から帰ると、菓子職人が小麦粉の生地を型に詰めるように、新鮮なうちにくり返し知識を頭に詰めこんだ。夜には、また読んで、計算して、暗記、読んで、計算して、暗記、さらに読んで、計算して、暗記をただただくり返した。原始的やり方だが、勉強が好きで知識に飢えていたので、ちっとも苦しいことではなかった。

この原始的な学習法は、もちろんリンタンやアライのような天才的な学生にとっては有効な方法ではない。彼らは、全知全能の神に独特の能力を授けられた者たちだ。知識に自分を縛る必要はなく、むしろ知識のほうが彼らに勝手についてまわるのだ。彼らは、粘土のようなまだ柔らかく固まっていない知識をつかみ、ふたたびその手を広げるときには、知性と教養という真珠がその手のひらで輝くのだ。

やがてぼくは3-Fクラスで主席となり、落ちこぼれクラスのなかでの王様になった。同じころ、ぼくは周辺の出来事におどろいた。ムスタル先生の言ったとおり、嵐は過ぎ去ったのだ。ニューヨークの商取引所でのスズの価格が一トン当たりでふたたび上昇していることが地元紙で報じられた。その知らせを受けてから数日後には、スズ採掘労働者たちもふたたび仕事に呼び戻された。もちろん、父さんも含めてだ。

いまでは、ティマー社の本社の前に労働者が集まっているのを見ることはなかった。店や屋台《ワルン》も続々と再開している。市場はにぎわいを取り戻し、バスもふたたび運行されるようになった。行商人たちもまた巡回している。コプラやサトウキビを積んだ船が波止場に戻ってきた。成人映画のファンである布をかぶった島民たちもふたたびあらわれはじめた。世界のスズ価格が一パーセント上昇したおかげで、この島の生活はふたたび活気を帯びてきた。

やがて、何事もなかったかのように、すべてが元通りになった。一番うれしかったのは、経済危機で学校を去った生徒が次々と学校に戻ってきたことだ。その朝、学校に行く途中、だれかがぼくを呼ぶ声におどろいた。その人物は、何百人もの生徒の自転車にまぎれながら、さっそうと自転車をこいでいた。

「イカルディン！　イカルディン！」

ああ、やっぱり彼だ！

「アビディン！」

しばらくして、彼はぼくの横に並んだ。肩で息をしながら、自転車のハンドルを持ち、満面の笑顔だった。

「君が学校へ戻ってきてくれてうれしいよ、ディン」

そう言うと笑顔は両耳にくっつくほど大きくなった。

[6] イスラームの定型句で、なにか良いおこないや義務を果たす前に唱えることば。

「ああ。でも気をつけろよ、イカル。すぐに君の席を奪ってみせるからな」

「はは、やれるものならやってみろよ、ディン」

ぼくたちは陽気に、並んで校門へと歩いた。始業の鐘が七回鳴り響いた。

エンザー

Edensor

四カ月の猛特訓で、ついにアライは *Rindu Terpendam*（切ない想い）という一曲だけ、ギターの弾き語りをマスターした。われらがミュージシャン、ザイトゥンさんが罵倒《ばとう》しつづけたのはむだではなかった。

その日の午後、アライに誘われて、ザキア・ヌルマダの家に行った。この恋する男は用意周到にすべてのことを把握しているようだ。その午後、幼い妹弟といっしょにザキアは在宅であることをアライは知っていた。ザキアの父がスズ採掘場からまだ帰ってこないことも、母がまだ市場で働いていることも知っていたので、なにかあってもホウキを振りまわして追いかける者はいないと確信しているようだ。

ザキアの家は、情熱的に愛を伝えるのにうってつけの場所にあった。その家は道路の袋小路にあり、そこを通る人はめったにいない。ぼくはアライを自転車の荷台に乗せた。アライはケースのないギターを抱えていた。ベスパ・ランブレッタ全盛期の、旅するアーティストみたいで、なかなかサマになっていた。

　ぼくたちは目的地に到着した。万が一に備え、定期的に後退して自分の位置を確認し、いつでも逃げられる態勢を整えた。サガの木の下で自転車のペダルに足を乗せ、準備をしてかまえた。もし何者かに襲撃を受けたら、すぐに自転車で逃げられるようにだ。アライを助けるつもりはなかった。

　やがてぼくは、ノニの木の下でアライがギターを弾きながら、ザキアを想う歌を歌う——吠えていると言ったほうがいいかもしれない——のを見た。切なさ、夜明け、鳥のさえずり、花の開花を歌ったこの曲は、まさに愛の告白にふさわしいものであった。気がついたら知らぬまに、窓辺に突然あらわれたザキアが、庭で歌いながらギターを弾くアライにあぜんとしているのが見えた。家にいた美しい少女は、何度も目をこすってそれが幻覚ではないことをたしかめていた。彼女が目撃しているのは、B級映画や安っぽい恋愛小説のなかだけのことだからだ。突然ザキアが向きを変え窓から消えると、ラジオから大音量で音楽が聞こえてきた。アライはラジオの音に負けないように声を張りあげたが、歌えば歌うほど、ザキアはラジオのボリュームダイヤルを右にまわしていく。アライがさらに声を張りあげると、ギターの音色と声はもはや復縁が絶望的なほど引き裂かれ、それぞれのスタンスを持つようになった。その分、ザキアはボリュームのつまみを、これ以上はまわせなくなるまで右にまわした。ぼくはあっけにとられた。これまで図書館で借りた恋愛小説でたくさんの恋物語を読んだが、アライのような体験はどこにも描かれていなかった。

やがてアライは、ラジオの音楽に負けて聞こえなくなり、歌とギターを弾くことをやめた。あまりの音の大きさにアライの演奏はカオスになった。ザイトゥンさんがたたきこんだ、歌をマスターするための四カ月の猛特訓は、この日の午後にすべてむだになってしまった。
アライはギターを背負い、よろよろとぼくのほうへ歩いてきた。そしてぼくは笑いをこらえ、震えながら自転車で帰路についた。

Ω

でも、少なくともアライの無謀な挑戦によって、ラブストーリーの構造への理解を深めることができた。いまでは恋愛小説を読むとき、その物語がどのような悲恋なのかを見極める知識を持っている。たとえば、愛を育もうとする当人同士が、実際は感情的に合わないために、愛を成就できない場合があることも理解できるようになった。女は物腰がやわらかくて優しい、男は嫌なやつ。また、おたがいの慣習が合わないという文化的な悲恋もある。この地域には数えきれないほどのラブストーリーがあるが、そのほとんどはメロドラマだ。ありがちな貧富の格差による悲恋は、「裕福な家庭の美しい娘が、さびた缶のような貧しい男に恋をする」というのがお決まりのストーリーだ。この地域の物語は、ハッピーエンドで終わることはほとんどない。女性は、両親の強い要望で、まだ貧しい男性に愛情を抱いているにもかかわらず、同じ身分の別の男性に連れさられるのがつねである。貧乏人はいつまでもさびた缶のままだ。

ごくまれに、おたがいの政治的見解があわず破局してしまう物語もある。片方はあの大統領候補に投票したいのに、もう片方は別の候補に投票したいのだ。それから、はっきりした理由もなくなんでも拒絶しあう恋人同士の破局は残酷だ。なんなら、自分自身さえも拒絶してしまう。しかし、そのなかでもアライとザキア・ヌルマダのラブストーリーはユニークな部類だ。

アライの態度だけで、ぼくはその最後の末裔《シンパイ・クラマット》にますます魅了された。彼にとっては、起こったことはおどろくべき体験だったのだ。彼はいまでもザキア・ヌルマダを想っている。アライの個性は強すぎて、自分のなかに苦しさを抱えこむことができないのだ。

絶望的な恋愛騒動の翌日、アライがだれから借りたのかわからないボロボロのギターをひく姿はもうなかった。アライの音楽活動は、デビュー前に途絶えたことをすぐに知った。

「必要なのは戦略を変えることだ、イカル！」とそのシンパイ・クラマットは目を輝かせながら言った。四カ月前に「歌でザキアの気をひきたい」と言ったときとまったく同じ意気込みだ。

そして、アライは地元の図書館で詩集を借りはじめた。体育以外の授業に興味のないブロンが、ザキアが高校のバレーボール部に入ったことを教えてくれた。アライが詩集やバレーボールの本を持ち帰るようになったのは、それからまもなくのことだった。

アライがザキアのために詩を書いたとき、ぼくは自分の初恋を思いだした。壁に貼ってある暦表を見て、小学校五年生のときにアリンに去られて以来、六年間も会っていないことに気づき、がく然とした。

机の引き出しを開けた。ぼくは、アリンがお別れの記念にとくれた古い謄写版《とうしゃばん》印刷の小説を取りだした。いつも彼女への切ない想いを和らげてくれるエンザー村の物語を、また読んだ。

「…エンザー村のゲートには、おんどりの絵が刻まれている。朝の陽射しを受け、まるで時を告げるために鳴いているようだ。ゲートをくぐると、農民たちの、石垣で囲われたそれぞれの家が、ぽつぽつと散らばっているのが見える。剪定のほとんどされていないヤナギやブドウの木々のあいだを曲がりくねった細い道がつづく。昆虫やミツバチが、ぶうんと羽音を立て、牧場の柵に咲き誇るスイセンやウィステリアの花々を飛びまわっている。

すべてが静寂のなかでそれぞれの魅力を放っている…」

Ω

その日の午後、アライは本で地図を参照しながら、ぼくたちの下宿の壁にチョークで世界地図を描いた。そういえば、バリア校長も教室の黒板に同じような絵を描いていた。

「ボーイ！　これが世界のはじまりへの旅の地図だ」と世界地図を示しながらアライは言った。

「旅人はみんな、世界の果てに行きたがるんじゃないのか？」とぼくは抗議した。

「なるほど、世界の果てというのは、砂漠を越え、山を登り、谷を下り、大海原を航行しなければならないような、つねに人里離れた小さな場所として描かれるものだ。世界の果てとは、遠い土地、貧しい土地、忘れられた土地、見過ごされた土地、奇妙で、おかしな場所にちがいない。まわりを見てみろ、ボーイ！　つまり世界の果てとはぼくたちの住んでいる、ここのことさ」

アライの考え方には、いつもはっとさせられる。読書好きな人の思考は、ほかの普通の人とはちがうのだ。

「つまり、その世界のはじまりとはどこなんだ？」

アライは地図帳に目をやった。

「そうだなあ…　ここだ！」

アライは、ロシアの最東端にある地点を指さした。その地点は、ロシアとモンゴルの国境線にくっついている。そこにはOLOVYANNAYAと書かれていた。地名が長くて発音しにくいものほど、世界のはじまりらしく聞こえる。

「OLOV…OLOVYANNAYAから、モンゴルを横断するんだ！　イカル、ブロン、想像してごらん。ロシア、モンゴルのツンドラ、ステップ、サバンナ、ワクワクするなぁ！　遊牧民のように草原で寝よう！　世界最長のシベリア鉄道でシベリアを横断し、極寒の地へ行こう！　川が凍るほどの寒さだ。あれが北の星の下の大地だ！」

　アライの頭のなかの世界にすっかり魅了された。サトウキビ畑にあるカポックの木に夜な夜な登ったのを覚えている。アライはカポックの枝から空を指さして、「北の星の下には、川が凍るほど寒い国がある」と言ったのだ。夢を追う者《サン・プミンピ》だけがたどり着くことのできる国。

「ブリトゥン島から」アライは、ぼくたちの島の場所にチョークで印をつけ、ジャカルタまで線を引っぱった。

「ジャカルタに行く。ジャカルタでは、どんな仕事でもする。でも、本当の目標は奨学金を得ることだ。奨学金を得たら、ヨーロッパに行こう！」アライは、ヨーロッパ大陸まで線を引いた。ぼくはあぜんとした。

「ヨーロッパから、世界へ飛びだすんだ！」とアライは叫んだ。その途方もない計画を聞いてぼくは飛びあがりそうになる。

「それがぼくたちの計画さ！　その計画は火でつくられた文字で心のなかに書きとめなければならない」

　今度は、もう自分を抑えられなくなった。ぼくは我を忘れたように興奮し、飛びはねた。

旅立ち

Dignity

一九九一年九月、ぼくたちは第六学期の期末試験に挑んだ。つまり高校生活最後の試験だ。アライは首席で合格した。ぼくは二〇五位から、元の順位、二位にもう少しというところまで成績を戻すことができた。でもほんの少しおよばず、ぼくの順位は三位だ。二位は泣き上戸のアビディンだ。ぼくは力強く握手をして祝福した。

「みろ、イカル。君から順位を取り戻すことができたよ。以前、君に宣言したようにね」

「おめでとう、ディン。君は二位にふさわしいよ。君に負けるのなら本望だ」

父さんへのつぐないができたような気がして、うれしかった。卒業証書授与式は、アライが最優秀卒業生ということで、校長先生から最初に父さんの名前が呼ばれたので、ぼくたちにとってまた特別な日となった。アライの総合成績は高校史上最高点だった。

アビディンの父親の名前のあとに、ふたたび父さんの名前が呼ばれ、父さんへの拍手が鳴り響くなか、ぼくは卒業証書を受け取った。アライとぼくは卒業証書を高く掲げた。それは、ぼくたちの親族が取得した最高学歴の証書だった。

首席での卒業ということで、中学卒業のときと同じようにアライは学校からトロフィーをもらった。父さんはトロフィーを自転車の荷台にくくりつけた。父さんとは校門で別れた。校庭を横切り、いつものようにゆっくりと自転車をこぎ帰っていった。トロフィーは太陽の光を受けてキラキラと輝いている。ペダルをこぐのに苦労している父さんを見つめていた。その背中から父さんの喜びが伝わってきた。ぼくはその背中が遠く小さくなるまで、無口な父、世界一の父さんの背中を見つめていた。

奇跡のような、ぼくたちの高校生活はこうして終わった。その週末、ぼくたちは父さんと母さんの待つ実家に戻った。アライとぼくは、父さんと重要な話をする予定だった。中学を卒業したときと同じ相談だ。

「勉強をつづけさせてもらえないか」とアライは頼んだ。

「働けって言うなら働くよ」とぼくは言った。父さんがほほ笑むと、ぼくたちは飛びあがって喜んだ。無言でも、その笑顔がなにを意味するのか、ぼくたちはすでに知っていた。

予定どおりジャカルタが最初の目的地となったが、さっそく最初の難関が待ちかまえていた。ジャカルタ行きの船のチケットを買うお金がないのだ。しかし、その問題はすぐに解決した。波止場で働いていたときに知り合った家畜運搬船の船長が、船の掃除や料理、動物の世話を手伝うことを条件に、乗船を許可してくれた。それでいいと、ぼくたちは言った。

出航スケジュールは決まった。準備は万端だ。

「これは大切な節目よ。ジャカルタに到着したら最高の服を着ることを忘れないで！　4ポケットのサファリスーツを着るのよ！」

「どうして一番いい服を着なきゃいけないの、母さん」とぼくは聞いた。

「なぜかって？　国家の首都に少しは敬意をはらうつもりはないの？」

父さんは、ジャカルタでのぼくたちの行く末を案じていた。なぜなら、ぼくたちは人生で一度もそんな遠くまで旅をしたことがなかったからだ。首都には、頼るべき友人も親族もいない。父さんもまた、しばしば耳にするジャカルタでの犯罪の噂や生活のきびしさに影響を受けているようだった。高卒はおろか、大学を卒業しても就職も困難な状況だった。ほとんどの島民にとって、ジャカルタはおそろしい場所だ。アライは「大丈夫」と父さんに言った。そして、母さんは4ポケットのサファリスーツをちゃんとカバンに入れていることを確認した。

日曜の午後、ぼくたちはみな、埠頭《ふとう》にいた。見送りは旅客船のようには多くはなかった。アライとぼくは、家畜船にこっそり乗せてもらう身分だったからだ。積荷目録には、船長はぼくとアライを山羊の欄に入れていたのだろう。

見送りのなかには、学校のいくばくかの友人とバリア校長とムスタル先生もいた。毎年、この島からジャワ島やインドネシアの主要な島々に渡る高校卒業生は、ほんのひとにぎりしかいない。ほとんどの人が、スズ採掘労働者である親の運命を引き継いで残ることを選択した。だから旅立ちは特別なものだ。バリア校長とムスタル先生は、そうした生徒たちをわざわざ桟橋で見送ることで、称賛の意をあらわしたのだ。

「学位を取得できるまで帰るなよ、ボーイ！」とムスタル先生は言った。

「ずいぶん重そうだな。なにが入っているのですか」とバリア校長が聞く。

「本です」とぼくは答えた。

「すべて本です」とアライは言った。蚤《のみ》の市で、すでにだいぶ古くなったスーツケースをわざわざ買って持ち運んでいたのだ。だれが見ても笑うだろう。出品者によると、このようなスーツケースは通常、一九四〇年代の映画製作の小道具を必要とする人しか求めないそうだ。

「奨学金試験の準備のために、たくさんの本を持っていきます」と、アライ。

「それはすばらしい！　忘れるなよボーイ！　志望理由の三本柱は、貢献、関心、そして経済的理由だ！」

「それはすでに書きとめてあります」とアライは言った。

ところでブロンは、せん別に馬の形をした土の貯金箱をぼくたちにくれた。旅立つぼくたちに経済的支援をしてくれるつもりなのだ。

「これはガラパゴス島のウマだよ」と、その貯金箱をなでながら、しみじみと語った。ブロンは、三年近く貯金箱に貯金していたそうだ。

「もちろんいま、一番必要なのは資金だよ、ブロン」とアライは言う。

「し、し、心配ないよ！」とブロン。そしてブロンは「貯金箱のなかには、少なくとも半年分の家賃と食費に十分な金額があるはずだよ」と自信を持って言った。

「そ、そ、その半年あれば、た、た、たくさんのことができるだろう？」

「ああ、ブロン。たくさんのことができるよ！」とぼくは言った。

「半年あれば、仕事も見つかるし、奨学金も探せるよ。本当になんと礼を言ったらいいか…ブロン！」

ぼくたちは何度もブロンに礼を言った。もし成功したら、かならずこのお金は返すとブロンに約束をした。

「何倍にもして返すよ」ぼくは約束した。

ブロンは返す必要はないと言った。

「た、た、大切なのは、気をつけることだけだよ…ちょ、ちょ、貯金箱を運ぶのに…た、た、たくさんお金が入っているからね。ぬ、ぬ、盗まれないように気をつけて！」

ブロンはその貯金箱をアライに手渡した。アライはまるで、賢者から信仰の証を受け取るかのようにうやうやしく受け取った。

ブロンは、貯金箱をこわしてお金を渡したかったけど、馬がかわいそうでできなかったと言った。貯金箱をどんなふうにこわしたかは言わないでほしいと言った。ぼくたちはブロンに約束した。どうしても必要なとき以外は、馬の貯金箱をこわさないと。ブロンにとって、馬がどういう存在なのかがわかっていたからだ。

「どうしても貯金箱をこわす必要が生じたときには」と、ぼくは言った。

アライは、「ぼくたちは敬意と威厳をもって、エレガントにそれをおこなうだろう」とつづけた。

「わ、わ、わかってくれてありがとう…」ブロンは感極まっていた。

「ブロンはこれからどうするんだい?」ぼくはたずねた。彼は答えなかった。ただなにか秘密めいた笑顔をしていた。

サイレンが鳴り響き、船の出航を告げる。その日の午後、ぼくは生まれてはじめて、目に涙を浮かべた、いつもはこわい母さんを見た。父さんは、このお別れの会に自慢の4ポケットのサファリシャツを着てきてくれた。彼はぼくとアライを交互に、まるで離したくないかのように強く抱きしめた。

やがてぼくたちは、家畜船の船首に立つことになった。ふたたびサイレンが鳴り響く。船のエンジンがうなる。

船はゆっくりと桟橋を離れた。桟橋で手を振っている人が見えた。船は川の水面をつたって進んでいく。大好きな人たちとの距離が広がれば広がるほど、ぼくの心の空白は広がっていった。

船はそのまま河口に向かって進んでいった。家並みはどこにもない。マングローブが生い茂り、河口に近づくにつれ、川は徐々に灰色に変わっていった。その後、グレーの色がうすくなり、青だけになった。

船長はメインエンジンを始動させた。船尾では、プロペラに当たって水が波打った。船はどんどん加速していく。ふりかえると、ぼくたちの島は、昼も夜も二つの大洋の荒波にさらされて、なすすべもなく浮かんでいた。父さん、母さん、親戚、友人、先生、ぼくの誇り、アイデンティティ、泣き笑い、運命、そして心のなかのすべての愛情がそこにあったのだ。ぼくの小さな島よ、いつまた会えるのだろう?

ふたたび振り向くと、目の前には見渡すかぎりの青い海が広がっていた。わずかな時間の航行で、それほど大きくない船は波とたわむれるようになり、ぼくたちは途端に酔いはじめた。そして、漁師たちがいつも言っている「西の季節の大波」を体験した。家畜のにおいと、操舵室の屋根にあるTOAの拡声器から流れるベサメ・ムーチョの歌に、船酔いがさらにひどくなった。船長はまるで強迫観念にとらわれているのか、この曲を何度もくり返し流していた。

それから五日間、ぼくたちの船酔いはつづいた。山羊も酔っていた。船が波にぶつかると、パニックになって山羊たちは鳴きわめく。船酔いだけではなかった。山羊に対して嫌気がさしていた。たとえパニックになったり船酔いしたりしていても、山羊たちはわずかなチャンスを見つけて交尾をはじめるからだ。

その長くつづく苦痛のなかで、ぼくとアライは、デッキと船倉のモップがけ、トイレ掃除、一日四食の炊事をおこなった。ときどき、新鮮な空気を吸いにデッキに出る。船首からは海しか見えなかった。永遠に目的地にたどり着かないような気がした。まるで色の水の入った巨大なたらいのなかで、ぼくたちは立ち尽くしたまま水しぶきを受けているような感覚だった。

「この船での生活を耐えることができたらジャカルタでも生きていけるさ」と船長は励ましてくれた。

六日目の朝九時、ぐったりしていたぼくは、のそのそとハッチから顔を出した。おどろいたことに、遠くに長方形の物体があらわれたり消えたりするのがかすかに見えた。

「アライ！　見てみろ、アライ！」

アライはぼくのところまで走ってやってきて、ぼくが指さす方向を見ておどろいた。

「おい、イカル！　あれは高層ビルだよ！　ついにぼくたちはジャカルタに着いたんだ！　ぼくたちはジャカルタに到着したぞ！」

ぼくたちは急いで仕事を終え、水浴びをした。船酔いのせいでみすぼらしく、身も心もボロボロになっていたぼくたちが、靴をはき、会社に行く人のように4ポケットのサファリスーツに身を包んだのを見て、船員たちはぽかんとしていた。ぼくはサファリシャツを着るのをいやがっていたのだが、アライは堂々と着ていた。

「おまえたちはどこに行くつもりだ？」船長はたずねてきた。

「ジャカルタです」とぼくは答えた。

「ぼくたち、船を降りる準備をしたんです。だって、もうすぐジャカルタですよね」

クルーは声をそろえて笑った。なにがおもしろいのかぼくたちにはわからなかった。ぼくたちは、船首へ向かって移動した。船首からは、水平線上にある遠くの長方形が見えた。しかし、不思議なことに、その長方形は一時間前に見たときと同じ姿のままだった。

照りつける太陽にさらされ、あまりの暑さに汗がふきだし、ヘアオイルが溶け、左胸のポケットからハンカチを取りだし拭き取った。そのまま待ちつづけたが高層ビルはいっこうに近づかない。ようやくぼくたちは、船員たちがなぜ笑ったのか理解できた。ジャカルタはまだまだ遠いのだ。

家畜船が北ジャカルタのスンダ・クラパ港に到着したのは、それから五時間後であった。船首から見える港の人だかりにあっけにとられた。アライもぼくと同じことを感じていたのだろう。老いも若きも、男も女も、これほど多くの人々を見たのははじめてだった。ぼくたちはそこに立ち尽くしていた。二人の離島の若者が、こうしてジャカルタにいる。十六歳、心臓はドキドキしながら、ぼくたちの人生の新たなエピソードを語りはじめた。

船から降りる前に、船長とほかの船員たちに礼を言った。

「気をつけろよ、ボーイ」と船長は言った。

「ジャカルタで生活できなくなったら、七月にまたここに来いよ！　またブリトゥン島に出航するから」

「ありがとう、船長」

ぼくたちはバッグやスーツケースを持ち、ブロンの馬の貯金箱を抱えていた。山羊の群れといっしょに船を降りたが彼らはまだ交尾中だった。山羊は「時は金なり」という言葉を盲信しているのだろう。

しばらくして桟橋に出た。

「ジャカルタでどこに行くんだ？」ぼくたちはふりかえった。船長は船首に立っていた。アライとぼくは顔を見合わせた。あまりに大きな計画、あまりに大きな夢に、この何千万人もいる広大なジャカルタの街で、実際にどこへ行くのか考えることなど忘れていた。船長は困惑した様子でぼくたちを見た。

「西ジャカルタへ行け！　西ジャカルタだ！」

船長は、なぜ西ジャカルタに行くのかを説明しようとしたようだが、突然、操舵室の屋根にあるTOAからおなじみのベサメ・ムーチョの歌が流れ、船が動きはじめた。船長は手を振っていた。

荷物を持ち、スーツケースを持ち、馬の貯金箱を持ち、ふたたびふりかえって、別の船から下船したばかりの乗客の大集団に加わった。どうやら、バスのターミナルに向かっているようだ。

しかし、実際に行ってみると、人がどんどん増えていて、しかもみんな急いでいるのでとまどった。バスの運転手は大声を出し、クラクションを鳴らし、バスは方向も定まらず、ぼくたちの目にはいまにも横転しそうな勢いで走っているように見えた。こんなにたくさんの大型の車を見たことがなかったのだ。ぼくたちはある男性にたずねた。

「すみません、西ジャカルタ行きのバスはどれですか？」

その男が答える前に、バスは突然ぼくたちの近くで止まった。だれかがバスから降りると、手際よくぼくたちのスーツケースをつかんでバスのなかに放りこんだ。

「乗れ！　乗れ」と彼は命じた。

「西ジャカルタまでですか」とぼくは聞いた。うすぎたない男は、ぼくたちを上目づかいで見た。ぼくたちの村のマレー人にとって、無言は「はい、そうです」という意味だ。バスに飛び乗った。バスはターミナルから転がり出るように慌ただしく出発した。運転手はほかのバスのあいだを縫《ぬ》うように、クラクションを心配そうに鳴らしつづけ、悪態をついてはまた鳴らし、そして加速していった。

ぼくたちはカバンを手に取り、バス車内の通路を後方へ向けて歩いた。ほかの乗客たちは、ベスパ・ランブレッタ時代のスーツケースと奇妙な馬の貯金箱を抱え、都会はおろか村でも四十年前の時代おくれの4ポケットのサファリシャツを着た、本当のいなか者みたいな若者二人の姿を見て、笑いをこらえているように見えた。

ぼくたちは奥の席に座った。スーツケースはぼくたちの席の横に置かれた。ドライバーはふたたびぼくたちに声をかけてきた。

「一万五千」と言った。

アライは支払った。

「ひとりだよ」

アライはふたたび支払った。

その後は、信号機、高級車、高層ビル群にあぜんとする典型的ないなか者の姿だ。高層ビル群を通過してわずか数分で、せまくてにごった川岸にベニヤ板やトタン、段ボールでできた小屋がところせましと並んでいるのを見ておどろいた。

バスは走りつづけた。六日間のすさまじい航海と船酔いの連続で、とてつもない疲労を感じていた。そしてぼくたちは眠りこんでしまった。あまりにぐっすり眠ってしまったので、運転手が大声で起こすまで気がつかなった。

「起きろ！　起きろ！」

アライとぼくは、よろめきながら目を覚ました。まわりを見渡すと、ほかの乗客はもういなかった。ぼくは本能的に馬の貯金箱を確認した。旅立ちのときから、大金の入った馬の貯金箱をけっして見失わないように、つねに気をつけてきたのだ。貯金箱が見当たらないので一瞬パニックになったが、ガラパゴスの馬は大きなスーツケースの横に、いななきそうな姿で転がっていた。ぼくはすぐに貯金箱を手に取り、強く抱きしめた。

「降りろ！　降りろ！」と運転手が命令した。ぼくたちはよろよろとバスを降りた。バスはふたたび走りだした。ターミナルは閑散としていた。ここは西ジャカルタか？　と思ったのは、目の前に「ボゴール」と書かれた標識があったからだ。

アライはカバンのなかから地図帳を取りだし、ボゴールという地名を探した。それはジャカルタからとても遠い、別の県にあるような都市だ。

ターミナルを出て、道路をはさんだ向かい側に、照明のとても明るい店があった。店内にはたくさんの照明があった。バルーンが天井にバウンドしながら浮かんでいる。人々は座って食事をしたり、おしゃべりをしたりしていた。店の前には、笑顔の太った初老の男性の人形が置いてあり、とても繁盛しているように見えた。その人形のそばには、ニワトリの絵が描かれていた。

「イカル、知ってるか」

「これはレストランだ。そこで食事をするには、少なくとも三日前には予約しなければならない」

ぼくは首を横に振るしかなかった。

「そして、イカル。食べたあと、普通のお金で払えると思うなよ」

「それじゃどうするんだ」

「メンバーズカードで支払う」

「なんと…」

「入会条件を知ったらおったまげるぞ」

「どういう条件だい」

「飛行機で頻繁《ひんぱん》に海外旅行をしていることを証明することさ！」

レストランを見たあと、移動をつづけたが、まだどこに向かっているのかわからない。やがてモスクに出くわした。モスクに入り、礼拝したあと、守衛に自分たちが旅行者《ムサフィール》であることを告げ、ひと晩モスクで寝させてもらいたいと言った。守衛はすぐにぼくたちを信じてくれた。きっとぼくたちの4ポケットのサファリシャツを見て悪い人間ではないと思ったからだろう。

モスクのベランダで、アライは壁際で丸くなって、ガラパゴスの馬と向きあって寝ていた。

常套句

Klise

アライとぼくは、「この世に偶然はない。すべてのことには意味がある」という、常套句《じょうとうく》を信じていた。なので、ボゴールに足止めされたのも、運命がボゴールに導いてくれたからだと理解した。すべては神の偉大なる計画の一部なのだ。それがどんな計画なのかはわからないが。

チリウン川のそばに、ぼくたちは小さな部屋を借りた。まず両親に手紙を書いた。ジャカルタに着いたこと――正確にはボゴールに流れ着いたのだが――、なにも問題はないことを伝えた。手紙はブロンの住所に送った。きっとブロンが父さんと母さんに手紙を読んでくれるはずだ。

ぼくたちは時間をおくことなく、すぐさま仕事と奨学金を探しはじめた。そして時間をおくことなく、すぐさま失敗した。その後、ブロンから手紙が届き、父さんも母さんも元気であること、ブロンが例の動物園＝博物館での動物の世話係の仕事を見つけたことを知った。動物の世話といっても、馬専属の世話係であるようだった。桟橋で別れ際に卒業後の進路についてたずねたときに見せた、意味ありげな笑顔の意味をようやく理解できた。

　あちこちかけずりまわった結果、仕事や奨学金の情報は、ジャカルタのほうが手に入りやすいことに気づいた。すべての出来事には意味があると信じていたので、ボゴールに流れ着いたのは、その次にジャカルタを目指すためだと理解した。この運命論は少しまわりくどいのだ。

　先日の船長のアドバイスにしたがい、ぼくたちは西ジャカルタを目指した。そこで貧困地区の鉄道の線路脇にある、ベニヤ板張りの部屋を借りた。鉄道の線路のすぐ脇に部屋があったため、電車が通過するたびに、部屋ごと電車に運ばれていくようなひどいゆれを経験することになった。それが一日に三十六回、ひっきりなしだ。テーブルの端に置いてあるグラスは振動でかならず落ちた。物はなんでも落ちてしまうので、なにかを引っかけておくこともできなかった。

　ぼくたちが借りた部屋からそう遠くないところに、洪水のときだけ流れる川がある。たった一分の雨でも浸水する。ゴミはすべてその川に集まる。はじめてジャカルタに来たとき、このスラムを車窓から見ておどろいたのを覚えている。ところがいまや、自分たちがその貧困と犯罪の巣窟であるスラムの住民である。

　家賃が安いのでぼくたちはそこに住みつづける以外に選択肢はなかった。ぼくたちはそんな境遇に愚痴《ぐち》を言ったり、そのよくありえそうな苦境を大げさに訴えたりはしたくなかった。ぼくたちの目的はただひとつ、それは進学するための奨学金を探すために首都ジャカルタにやってきたのだ。

　それから数週間、毎日、高校の卒業証書を小脇に抱え歩きまわり、仕事と奨学金の情報を探しまわった。新聞で見た小さな広告をもとに、たくさんの求職票を送った。ぼくたちはお金がないので、早く仕事を得る必要があった。オフィスボーイ、レストランのウェイター、店員、清掃員など、どんな仕事でも応募したが、ほとんどの応募には返事がなかった。返信があっても、欠員は埋まったからほかを探してくれという一文のみだった。就職説明会にも何度か参加したが、事故が多発したため後に行政から禁止されることになった。あまりの混雑で呼吸困難に陥る求職者が多かったせいだ。

三カ月近く仕事がないなかで、こんなおかしな広告を目にした。

> 応募者の卒業証書は重要ではなく、重要なのは読み書きができることです。イケメンでなくても、長距離を歩く体力が必要です。賞与も検討します。

どんな仕事なのか、会社名さえも書かれておらず、ただ応募先が書かれているのみだ。ぼくたちは応募した。そして返事が来て、面接に呼ばれることになった。面接…なんとすばらしい単語だろう。大したことない？　とても知的でモダンな印象を受ける。面接のことが気になってぼくはなかなか眠れなかった。明日、生まれてはじめて面接というものを受けるのだ。アライもさすがに寝つけないようだ。面接では良い印象を与えたい。4ポケットのサファリスーツがふたたび活躍するときが来たのだ。

約束の時間の一時間前には、すでにジャカルタ東部の郊外にある住居兼店舗に到着していた。何十人もの応募者が集まった。その顔ぶれからすると、どうやらみんな切羽つまっているようだ。大柄で愛想の良い女性が、応募者に「時間ですよ！」と声をかけてくれた。

ずいぶん前から待っていたため、ぼくの名前がはじめに呼ばれることになった。その愛想の良い女性にうながされ、その前の席に座った。彼女はぼくにほほ笑みかけた。

「ふうん、あなたのような服を着た人を見るのは久しぶりね」

ぼくはただほほ笑むことしかできなかった。

「あのカバンが見えますか？」と彼女はすみにあるとても大きな黒いカバンを指さした。

「そのカバンを持って、わたしの前を歩いてみてくれる？」

ぼくはそのカバンを持ち上げた。なかなか重かった。おそらく八〜十キロくらいだろうか。ぼくはそれを持ち、その婦人の前を歩いてみた。

「いいわ。すばらしいわ」

ぼくは立ち止まった。

「採用するわ。退出してけっこうです。またあとで呼ぶから」

こんな風だった。本当に、こんな風に、ぼくのはじめての面接は終わった。その婦人はぼくの名前すらたずねはしなかった。しかし、それはいい。なんといってもぼくは正真正銘、採用されたのだから文句なくうれしかった。

どうやら応募した者の全員が採用されたらしかった。そして、スーツケースを持った背の高い男がやってきた。八〇年代のポップシンガーのような長髪の男で、カウボーイブーツをはいている。彼はなにも言わずに座り、スーツケースをテーブルの上に置き、コンビネーションロックをまわした。スーツケースが開いた。なかには精米の仲卸人がよく使う十二桁の計算機以外、なにも入っていなかった。電卓をいじって、にっこり笑ってから、顔を上げた。

「千五百万ルピアだ！　それが今月の売り上げ目標だ」

その日から、アライとぼくは、そのバカでかいスーツケースを持ち、ジャカルタ市内を十数キロと歩きまわった。ぼくたちはキッチン用品の販売員として採用されたのだ。朝から夕方まで、足にマメができるほどナベを売り歩いた。それはこの世界で一番大変な仕事のように思えた。そして、給料をもらった。その少額のお金をしっかりにぎりしめると、なぜだかわからないが、ジャカルタを制覇したような気持ちになった。

キッチン用品の販売員になって数週間たったころ、ぼくたちは新聞で奨学金試験の告知を見つけた。興奮のあまりぼくたちは文字どおり飛びあがった。これこそがぼくたちがジャカルタにやってきた最大の理由だ。

ぼくたちは、村から苦労して運んだ、教科書の入った大きなスーツケースを嬉々として開いた。そして日中はナベを売り歩き、夜はひたすら勉強という日々がはじまった。

奨学金の試験は、二千人収容のバドミントン競技場でおこなわれた。そのほぼ全席が埋まっていた。バリア先生からきびしい競争であることは聞き覚悟していたのでおどろきはしなかった。おどろいたのは、奨学金をもらうよりも与える側ではないかと思われる身なりの良い人たちを大勢見かけたことだ。なぜ裕福な家庭の子どもたちが貧しい子どもたちと奨学金を争うのか、ぼくには謎だった。

応募者は定められた様式に必要事項を記入することを求められた。バリア先生の言うとおり、その書式には志望理由を書く欄があった。早速、バリア先生のアドバイスにしたがって書いてみた。

わたしは経済的な事情から学費を用意することが困難ですが、進学し、勉学を継続したいという強い意志があり、この奨学金試験を受験しました。本奨学金が対象とする専攻は、わたしが志望する分野であり、卒業後は貴財団が指定する職務に従事し、奉仕したい所存です。

事前に取り決めたとおり、アライもまたバリア先生流の志望理由を書いたはずだ。「志望理由には、貢献、関心、経済的理由の三つの柱をかならず書く」というバリア先生の方針から外れない範囲で、少し文章を変えて書いているにちがいない。

数学と英語の試験は問題なく終えた。家畜船に乗ってやってきて、数カ月間ジャカルタで生活して以来、はじめて安どの笑みを浮かべることができた。なんとなくこれで奨学金を勝ち取ることができたような気になった。

新聞で合格者の発表があり、そのリストを何度も見直したが、ぼくの名前もアライの名前も見つからなかった。

その後、国内外問わず、さまざまな奨学金試験の機会を見つけては応募したが、試験には手応えをつねに感じる一方、ことごとく不採用という結果に見舞われることになった。

不確実さの理論

Teori Ketidakpastian

奨学金の獲得は失敗つづきで、そのうえ新たな試練がぼくたちを見舞った。朝、出勤するとキッチン用品販売のオフィスの店先に、黄色い警察のテープが巻かれているのを見た。あの愛想の良い婦人と精米仲卸業者の電卓を持った長髪の男がなにをしたのか知る由《よし》もなかった。ただ理解したのは、キッチン用品の訪問販売員としての輝かしきキャリアが、突然終わりを迎えたということだった。

正直なところ、ぼくとアライはその訪問販売の仕事を好きになりはじめたところだった。ひたすら歩きつづけるという点できわめて健康的で、いつも退屈しているご婦人方の悩みを解決することから得られる満足感を、ひとつの仕事から得られるということに、喜びを感じていたのだ。そんなパーフェクトな仕事はキッチン用品の訪問販売員とジャズのミュージシャンをのぞいてありえないと感じていた。

ふたたび仕事を探しはじめたが、ことごとく不採用だった。そのあいだも、競争がきびしく失敗しつづけても、選考過程に不正があるとわかっていても、勉強をつづけ、奨学金試験を受けつづけた。不平不満もなければ、不公平を苦に思うこともなかった。ただ、お金がなくて空腹がつらかった。ぼくたちは節約のために食事の回数を一日二食に減らしていた。

そして断食月《ラマダーン》がやってきた。断食月になるとムスリムは日没とともに断食明けを迎え、午前三時にサフール[7]を食べる。ぼくたちは一度だけ、夜十時に食事をとった。それがぼくたちにとってイフタール[8]であると同時にサフールだった。

断食月が終わり、ぼくたちはアイスクリームの移動販売の仕事を見つけた。アイスボックスを運ぶ特別仕様の自転車でまわった。しかし一週間も朝から晩まで、ハンドルについた小さなスピーカーから流れる、モーツァルトの交響曲第四十番ト短調の導入部分のみを聞きつづけたら、気がおかしくなりそうになり、二週間で仕事を辞めた。

次に見つけた仕事は露天商が衣類を売る手伝いだった。この仕事はよく警官に追いかけられた。映画やドラマのエキストラもやった。テレビのスタジオで歓声をあげ拍手をするエキストラは何度もやった。そして、大学のキャンパスでコピー屋の仕事をすることになった。社員が、少ない給料に耐えきれずに辞めてしまい、空きができた仕事だった。

朝から晩まで、熱くて眩《まぶ》しいコピー機の前に立ちつづけた。真新しく鋭利な紙はぼくたちの指を切

[7] 断食開始前（夜明け前）にとる食事
[8] 日没後、はじめにとる食事

り裂くだけでなく、必死に勉強をつづけるぼくたちの心も少しずつ切り裂いた。毎日、たくさんの知識のつまった何千枚もの紙を手に取り、切望しながらも触れることのできない知識のことを想った。ぼくたちは、幸せそうな大学生をながめながら、そのような大学生になれたらと切に願った。コピー屋の仕事はぼくたちの胸をしめつけた。

「コピーを二部、お願いね、おにいさん」美しい女子大生が何枚かの紙をアライに手渡しながら言った。

「わかりました、お嬢さん」

コピーする前に、アライは数式が書かれた用紙を見て、ほほ笑んだ。アライは自制しながらも彼女になにか言いたそうだったが、とうとう口にした。

「あの、お嬢さん、この二問の解答は意図的なのかな?」アライはその紙を指さした。その娘は目を見開いた。

「どういうこと?」女子学生の口調はあきらかに気に障《さわ》ったようだった。アライは出過ぎたことを言ってしまったと悔やんでいるようだ。

「あ、あの、ごめんよ。この解答はちょっとまちがっているというか……」

「まちがっているですって!?」

彼女はさらに機嫌を悪くした。

「ごめんなさい、ごめんなさい、そんなつもりでは」

「不正解だということが言いたいわけ!?」

「いや、というか、正確さを欠くという意味ですよ、お嬢さん…」

アライは、自分の発言がストレートすぎたことに気づいたが、彼女はすでに腹を立てていたため、それを和らげようとしたがうまくいかなかった。アライは背を向けてすぐに紙をコピーした。

「ちょっと待ちなさいよ！」彼女は言う。

「まちがい！　正確さを欠く！　どちらも同じことじゃない、つまりまちがっていると言いたいのでしょう！」

思い知れ、アライ！　これでわかっただろう、庶民は口を開くことを禁じられているのだ。ぼくたちのやることはコピー機に用紙をセットして、2のボタンを押すだけだ！　コピー機が二枚の紙をはきだすのを待って、お釣りの二百ルピアを渡せばそれでよいのだ。あとは帰って、食べて、寝て、さらに貧しくなる！　おしゃべりなど必要ないのだ！

「あなたはこのふたつの問題に対する解答はあやまりだと言いたいのね!?　ひと晩かけて計算した解答案を！　この二学期間、わたしはずっと取り組んできたの！　どこがまちがっているというの？　言ってみなさいよ！」

さっき彼女があらわれたとき、すでにその表情はあきらかに疲れていて、ストレスを抱えているようだった。おそらく彼女はひと晩中、その問題に取り組んでここにやってきたのだ。それを好き勝手に、見るからに学のなさそうなコピー取りのボーイに、その解答はまちがっていると言われてしまったのだ。アライは恥ずかしくなって、ただ笑うことしかできない。とても気まずい雰囲気だ。しかし、その言葉はすでにアライ自身に向けられた諸刃の剣だった。しかたない、覆水盆《ふくすいぼん》に返らず、だ。

単なるコピー取りのボーイが、こんな複雑な数式を理解できるわけないわ、と言わんばかりのシニカルな笑みを浮かべながら「さあ、どこがまちがっているのか言ってみなさいよ！」と娘は挑んできた。アライにとっては不運な一日としか言いようがない。

「あ、あの、お姉さん、第5問と第7問だけ、少しまちがっていると思うんです…」アライはできるかぎり控えめにそう答えた。その美少女はあぜんとした。

「ここ、ほら、この問5で、変数xとその平均値の差の式がまちがっているんですよ。ここの分散の式があやまりなのは、その前の変数xとその平均値の差の絶対値をとる計算がまちがっているせいなんです」

ぼくが知っていることは、分散と絶対値の計算は、通常、統計学における不確実性の理論で扱うということだけだ。この分野は、経済学部の学生がしばしば壁に直面する問題だ。

美少女は目を見開いた。さっきよりもさらに目を大きく見開いた。

「わかったわ。じゃあ、あなたが正しい方法で計算してごらんなさいよ！」

アライは顔を上げ、彼女を見つめた。

「解いてみてよ、ほら！」

アライは耳に挟んでいたボールペンを手に取り、白紙を何枚か取った。その美少女はすっかりあっけにとられていた。アライは、数式や数字のひとつひとつが自分のなかから流れでてくるように、とてもスムーズに書きこんでいく。アライは計算をしつづけ、終わるとその二枚の紙を彼女に手渡した。彼女は長いあいだ、その紙を見つめていた。彼女は二百ルピアをコピー機の上に置くと、無言で自分のクラスに戻った。

キャンパス内の建物にはコピー屋が何軒かあったが、その日の午後はうちのコピー屋が一番学生でにぎわっていた。彼らはコピーをしに来たのではなかった。コピー機の前のベンチに座っている者や立っている者もいた。汗をかきながらぶ厚い本をコピーしているアライに学生たちは注視していた。彼女は生徒たちのうしろに立ち、本をにぎりしめ、アライをじっと見ていた。目には涙を浮かべていた。ショックを受けたと同時に、アライに腹を立ててしまったことを少し悔やみ、すっかり打ちのめされてしまったようだった。

それ以来、その女子大生――名前はレイラ――は、ぼくたちの友人となった。アライと数学についての議論をしているのを見るのはうれしかった。レイラは一度ぼくたちがどこに住んでいるのかたずねたことがあった。近いうちに遊びにいきたいと彼女は言った。アライは、線路のすぐ脇にある自分たちの下宿のある地区の名を言った。住所を聞いたことをレイラは後悔しているようだった。

残念ながら、このコピー屋はその後、倒産して閉店した。ぼくたちはまた失業し、また就職に苦労し、奨学金の試験を受け、失敗する日々に戻った。はじめて奨学金の試験を受けたときは、二千人収容のバドミントン競技場で、いまではそれを上まわる規模のバスケットボール競技場で、何度も試験を受けた。不採用、不採用、不採用。三回くり返した言葉は、ぼくたちの数知れない不採用をごく控えめに表現したにすぎない。

能力が不十分であるぼくが不採用であるのは合点がいくが、神童アライも不採用がつづいた。ぼくはこれを不運というより、当然であると受け止めたい。何千人もの受験者のなかには、大都市の名門校を卒業した数えきれないほどの秀才がいたからだ。ぼくたちといえば、地図でも見つけにくい小さな島の公立高校を卒業しただけにすぎなかった。

政府系の奨学金試験は受かる気がしなかった。公務員の親族が優遇されているという噂だった。不公平だ。本当に不公平だ。「貢献」「関心」「経済的理由」の三本柱でやる気を見せてもまるで意味がないように思った。

でも、そんなことで弱音をはくわけにはいかない。ぼくたちは、なにがあっても学びつづけ、努力しつづけ、挑戦しつづけるのだ。帆をはり、二人の離島の少年が、殻をやぶって飛びだしてきたのだ。世界への挑戦は、あまりにも美しく、見過ごすことはできない。

まちがいなく、仕事も収入もないぼくたちの生活は、日に日にきびしくなっていった。ついにぼくたちは、食事を一日一食という過激な方針を採用することにした。ぼくたちはあっというまにやせ細っていった。ベルトの穴の数は増えるばかりだ。近所のとある人物に仕事を紹介してもらったところ、それはバイクを盗む仕事だった。もちろん丁重にお断りした。また、有償のデモ参加の仕事も断った。

結局、ブロンからもらったガラパゴスの馬の貯金箱をこわすしかない、という結論に達した。貯金箱にあるお金で少なくとも半年は生きていけるとブロンは言った。この絶体絶命の状況下で、ブロンの支援の価値を実感した。ブロンの経済支援がなければ、来週には家賃が払えずにホームレスになっていることはまちがいない。ブロン、親愛なる末弟よ、ぼくたちは君に千の感謝の言葉を送りたい。アフマド・ジンブロニ、いつも朗らかで、満足のいく人生を送りたまえ。

ぼくはブロンと、「尊厳を持って貯金箱をこわす」と約束していたので、貯金箱を床に投げ落とす一般的なやり方は採用しなかった。

馬の貯金箱を毛布でくるみ、そのご臨終の瞬間を見えないようにした。二歩下がり、息を大きく吸ってから思いっきりジャンプして、その上に尻から着地すると、がちゃんと音がした。

エレガントだ。ガラパゴスの馬は、自分が死んでしまったことにすら気づかなかったはずだ。アライはガラパゴスの馬のそばにひざまずき、毛布を開いた。粘土の破片のなかに、大量の硬貨を見てあぜんとした。山のようなお金だが、すべて硬貨と、インドネシア財務省が印刷した史上最小額面の紙幣、百ルピアだった。

数える必要はなかった。チラリと見ただけで、いくつかのナシブンクス[9]を買えるくらいの額しかないということがわかった。ぼくは手で顔をおおい、アライは銅像のように固まってしまった。

というわけでぼくたちは依然として生存の危機的状況にあった。このままでは家賃を払えず、追い

[9] ごはんとおかずを油紙で包んだインドネシアのお弁当

だされる危険性がある。路上生活だけはなんとしても避けたかった。ジャカルタの路上生活はとても危険なのだ。

「もう七月だな」その夕方アライは言った。

「船長が言ったこと覚えているか、イカル？　もし島に帰りたければスンダ・クラパ港に行って、また同じ家畜船に乗せてもらうことができる」

　ぼくはアライを見つめる。

「いいや、アライ。ぼくは帰らない。ぼくはまだあきらめたくない」

　アライは苦笑いだ。

　その翌日、ぼくたちはひとつだけナシブンクスを買うことにした。それをふたりで分けた。ダンドゥット[10]の歌のなかでこういう状況は、しばしば「ふたり分の一枚皿《スピリン・ブルドゥア》」と呼ばれる。美しい歌声、リズミカルな太鼓、メロディアスな笛、しかし、一枚のふたり分の皿。現実は苦い。しかし、その日のうちにぼくたちは、郵便局で手紙の仕分け仕事の募集の新聞広告を見つけた。テストは来月行われる予定だ。早速、応募書類を作成した。アライに頼まれ、ぼくは応募書類を郵便局に届けに行った。

　郵便局から帰ってくるとアライの姿が見えなかった。部屋のすみに置いてあったはずのアライの大きなスーツケースとバックパックがなくなっていた。ぼくの心臓は飛びだしそうなほどドキドキしていた。テーブルの上には、ぼくの名前が封筒に書かれた手紙が置かれていた。手紙を読み終えると、ひざがガクガクして立っていられなくなり、体の力が抜けて座りこんだ。

その手紙はアライからだった。スンダ・クラパ港に行き、カリマンタンに渡るつもりだとのことだった。ぼくにはついてきてほしくはなく、郵便局の採用面接を受けろ、かならず合格するとアライは書いていた。

そういえば、キッチン用品の訪問販売をしていたときの友人のひとりがカリマンタン出身だった。熱帯林で生活する覚悟さえあれば、仕事は簡単に得られると、彼はいつもそう言っていた。

突然ぼくは、この世界でひとりぼっちになった気がした。まわりではせまい路地の喧騒《けんそう》、バイクの騒音、電車の轟音、子どもの叫び声がいつもなら聞こえるはずだ。でも音は聞こえない。十歳のときから七年間、一日も離れたことがなかったアライがいなくなると、ぼくはどう生きていけばいいのかわからなくなった。

もう一度、ぼくは手紙を読み返した。アライがカリマンタンに行ったのは、もちろん仕事を探すためだけではなかった。ぼくをひとりにするためだとすぐにわかった。ふたりだと、来月、郵便局の仕事の採用面接を受ける日まで、ブロンの貯金箱のお金では足りなくなってしまうからだ。ぼくは苦々しく思いながら、いまさらながら思いだした。小さいころからいつもそうだが、アライはいつでも、ぼくのためならなんでも犠牲になる男だった。

すばらしき七日間

7GLORIOUS DAYS

翌日からぼくは、アライのいないひとりの生活に順応するのに非常に苦労した。いつも自分のなかになにかが欠けていると感じていた。お決まりの文句だが、身近な人物がいなくなると、その人物がいかに大切な存在であったか気づかされるものだ。それがまさにぼくが感じていることだ。

その翌週、アライから手紙を受け取った。住所は書かれていなかった。しかし、やはり彼はカリマンタンにいるらしく、元気だとのことだった。そしてぼくに対し、あきらめずにがんばれと書いてあった。ブロンからその後、アライは父さんと母さんにも手紙を出していることを知った。

その夕方、下宿の部屋のドアをノックする者がいた。ドアを開けると、そこには家主と中年の男性、赤ん坊を抱えた女性、そして男の子が立っていた。

家主はおっかない男だった。家賃を二週間滞納しただけでいますぐ出ていけと言っている。アライの自己犠牲はまったくむだだった。ブロンからのお金は滞納分の家賃を支払うのにはまったく足らなかった。

目の前にいる家族はいますぐにでも入居したいという新しい入居希望者だった。郵便局の採用面接を控えていることは家主に伝えてあった。採用が決まり給料が入れば、滞納している家賃も支払える、そう話していた。

「採用されるわけねえだろう！」と家主はどなる。しかたなく、部屋から出ていくことになった。それでも家主の好意により、郵便局の面接が終わるまでの少なくとも一週間は、荷物を預かってもらえることになった。その日の午後から、ぼくはついにホームレスとなった。

ホームレスになることがいかに大変で危険なことか。真夜中を過ぎると、大都市はすべてを捕食する千変万化の獣《けもの》に変貌する。どこからともなくあらわれる、残酷な目をした奇妙な人間たち。夜がふけるにつれて、彼らはゾンビの群れのようになる。ホームレスになって三日目の夜、一組の男女が不穏な雰囲気で近づいてきて危害を加えられそうになった。老いたホームレスが彼らを追いはらった。

その老いたホームレスは、重そうな金の塊を乗せたモナス[11]の近くをうろうろしているのをよく見かけていた。もし危ないめにあいたくなかったら夜は寝ないほうがいい、とその老人は忠告してくれた。

「つねに動きつづけなさい。歩きつづけ、かならず明るい場所にいるのだ」

老人の忠告にしたがい、ぼくはひと晩中、あてもなく歩きつづけた。疲れたら、明るいＬＥＤ照明

[11] ジャカルタにあるナショナル・モニュメント

のついた大きな広告板の下で休息をとった。夜が明けると公園で眠った。ブロンの貯金箱のお金で少しずつ食事をとった。

こうしてぼくは、ホームレスにありがちな日々を過ごした。それはなかなかつらいものだった。アライがいてくれたら、すべてがもっと楽であったろうと思った。でもどんなことがあっても、ひとりで立ち向かっていかなければならない。郵便局での採用試験に採用されるという希望がぼくを支えていた。ただかなりの応募者がいることはわかっていたので望み薄だった。毎日ぼくは気分が落ち着くことはなく、気分は上がったり沈んだりした。飢えと恐怖のなかで生きる人々にとって、時間は無慈悲な敵になる。

そしてついに、郵便の仕分け人になるための試験の当日がやってきた。筆記試験、口述試験、実技試験があった。テストは簡単ではなかった。ライバルはたくさんいた。必死で合格を目指した。栄光のホームレス生活の七日間を体験したのだから、合格しないわけにはいかない。ジャカルタでホームレスをしている余裕はもうなかった。参加者は、二十の靴箱ほどのスペースに区分けされた仕分け棚に、二十通の手紙を投げ入れるというテストを受けた。仕分け棚までの距離は約三メートルだ。十通以上の手紙を入れられた者は次のステージの試験に進むことができる。成功はまれなことだった。それでもなんとか十八通入れることができた。

三日後、試験の結果が届いた。ぼくは合格だった。

郵便の仕分け仕事にありつけたのは、針の穴を通り抜けるようなもので、少なくともぼくはホームレス生活から抜けだすことに成功した。アライの思惑どおり、ぼくは郵便局に就職できたこと、アライの犠牲はむだではなかったことを、すぐにでも伝えたかった。しかし、アライの住所をぼくは知らなかった。ぼくは、線路脇の下宿に戻り、家主に滞納していた家賃を支払った。

郵便物の仕分け仕事の合間に、アライはまだぼくたちの大きな夢、すなわち、できるかぎり高い教育を受け、世界中をめぐるという夢を持ちつづけているのだろうか、とよく考えた。

というのは、ぼくは、失敗をくり返しても、その夢は持ちつづけていたからだ。ぼくはあえて夜勤のシフトを希望し、深夜零時から明け方まで郵便の仕分け作業をおこなった。そうすれば勤務後に少しだけ仮眠をとると、日中は図書館に行って一日中勉強することができるからだ。

ぼくはヨーロッパのとある国に留学するための奨学金を見つけ応募した。試験の案内を待っているあいだに、ブロンからあまりよくない知らせが届いた。ブロンの手紙によると、父さんの体調があまりかんばしくないとのことだった。ぼくはショックだった。必死に働き、必死に勉強し、奨学金に応募しつづけ、気がつけば何年も島に帰っていなかった。ぼくはそのヨーロッパの奨学金試験を終えたら、島に一度帰る、とブロンに手紙を送った。

その奨学金は、インドネシアのすべての若者を対象とするものだ。採用人数は数十名が見込まれているが、採用試験は全国規模で、各州で実施される。必然的に応募者はぼう大な数になる。数万人に達するのは確実だ。

オンラインで奨学金申請フォームを記入する。ぼくは志望理由の欄をずっと見つめていた。これまで何度も書いては、採用された試しがなかった。そこで、もしかしたらぼくとアライの弱点は、いつも見事だと思っているその志望理由の書き方にあるのではないかと疑った。貢献、関心、経済的理由の三本柱という、バリア先生流の志望理由を採用していたのが、ひょっとしたらそれはもう時代おくれなのかもしれない。

ぼくはそのまちがいに気づき、いらだち、そして怒りが込みあげてきた。新しい志望理由を作成するべきときが来たのだ。

みなさん、はじめまして、わたしはイカルディンと申します。わたしは、地図ではしばしば描くのを忘れられてしまうブリトゥン島出身のいなか者です。これまで数えきれないほど奨学金の試験を受け、数えきれないほど不採用を経験してきました。わたしの母と父は読み書きができません。わたしの父はスズ採掘の労働者で、小学校さえ卒業していないため、これまで一度も昇進したことがありません。父と同じ運命を歩みたいとは思っていません。そのためできるかぎり高い教育を受けたいと思っております。

この若者は貧しいのだろうか、という点について思いをはせていただければ幸いです。その問いに自分は貧乏だと答えるのは的外れです。日当で働く郵便の仕分け人は裕福だろうか、という問いがより正確です。答えは「ノー」だと思います。ですから、わたしはあわよくばと奨学金を求めている裕福な人間とはちがいます。わたしは勉強をつづけることを切望する本当の貧乏人です。したがって、わたしはこの奨学金を与えることを考慮されるべき人間です。

最後に、もしわたしがこの奨学金を得て、後に大学を卒業することが叶えば、自分自身が豊かになるためではなく、社会の発展のために自分の人生を活かす覚悟があることを誓います。

イカルディン

Ω

その奨学金試験を終えたあと、ぼくは郵便局の仕事を辞めた。その夕方にはぼくはスンダ・クラパ港に向かい、貨物船に乗り、島への帰路についた。

ぼくはふたたび、アライと家畜運搬船でジャカルタへやってきたときと同様の、ひどい航海を経験した。アライがいてくれたら気がまぎれただろうと思った。以前と同じように、ぼくは出港と同時に船酔いになり、それから六日間、吐きつづけた。弱っていたぼくは、これまでの苦労は、進学するという夢を追いかけるため、そして父さんのためだと自分に言い聞かせた。

周囲を見渡しても、まぶしい真っ青な海しかない、そんな毎日だった。ぼくは、アリンがくれた古い小説のページに目を向け、ぼくの苦悩を和らげ、癒すことができる場面を開いた。

「…エンザー村のゲートには、おんどりの絵が刻まれている。朝の陽射しを受け、まるで時を告げるために鳴いているようだ。ゲートをくぐると、農民たちの、石垣で囲われたそれぞれの家が、ぽつぽつと散らばっているのが見える。剪定のほとんどされていないヤナギやブドウの木々のあいだを曲がりくねった細い道がつづく。昆虫やミツバチが、ぶうんと羽音を立て、牧場の柵に咲き誇るスイセンやウィステリアの花々を飛びまわっている。

すべてが静寂のなかでそれぞれの魅力を放っている…」

港に貨物船が接岸したのは、午後遅くだった。出迎える人々はいない。船から商品を運ぶトラックが島中の食料品店に向かうだけだ。

港から街のロータリーまで歩いた。まだ多くの車が行きかよっていた。村に向かうスズ運搬トラックを待った。ぼくは公園のベンチに座る。正面には、こわれたままの時計台が見える。時計は五十一年のあいだ、五時を示したままだ。

ようやくトラックがやってくると、ぼくはスズ採掘の労働者たちといっしょに荷台に乗りこみ、家へと帰った。

久しぶりに家に戻っての数日間は、父さんといっしょに過ごすことが多かった。ぼくが帰ってきてから父さんは元気になったと母さんは言った。その日の午後、ぼくは簡素なガラス戸の棚のなかにある、ふたつの小さなトロフィーを見てほほ笑んだ。アライが中学と高校とそれぞれ首席で卒業したときのトロフィーだ。そして壁に掛けてあるプラスチック製の額に入ったアライの写真をじっくりとながめた。父さんとぼくと三人で、4ポケットのサファリシャツを着た写真だ。こうして見るとサファリシャツもなかなか悪くない。アライとぼくの、高校の入学式の際に、ベランティックの写真館で写真を撮ろうと言ったのはアライだった。

アライに会いたいと思った。カリマンタンでなにをしているのだろう。ブロンにも、母さんにも、父さんにも、そのことをアライは打ち明けることはなかった。楽しくやっているのだろうか？　いい仕事が見つかったのだろうか？　恋でもしているのだろうか？　アライとは長いつき合いで、雲と風のような関係だ。しかし昔からアライには謎めいたところがあった。それがたくさんあるアライの人を引きつける魅力のひとつだった。

ぼくはなんとなくコーヒー屋台《ワルン》に行くのを避けていた。みんながアライのことをたずね、いちいち答えるのが面倒だった。アライはどうした？　帰ってない？　じゃあいまどこにいるんだ？　いつ帰ってくる？　なかにはぼくしかいないことを知り、がっかりした表情を隠せない者もいた。いつも華やかで場を明るくするアライの存在は、彼らにとっても忘れがたいのだ。

自分をがっかりさせるだけだから思いだしたくもないけれど、この前受けたヨーロッパ行きの奨学金試験のことをときどき思いだす。ジャカルタだけでも数千人、全国の志望者を合わせると想像もできない。そのなかからたった数十人しか採用されないのだ。

不合格のことを想像すると、なかなか眠ることができなかった。さまざまなことを考えすぎて呼吸をするのも苦しく、絶望的な気分だった。ぼくはジャカルタに戻るべきだろうか。そしてふたたびジャカルタで苦労して仕事を見つけ、スラムで暮らす余力があるのだろうか。奨学金を得ることなく失敗をくり返すことになるのではないだろうか。このまま村に残り、運命にしたがい、父さんのようにスズ採掘労働者になり、無謀な夢は忘れてしまったほうがいいのだろうか。

数週間たっても財団から採否通知が届かなかった。これはまちがいなく不合格にちがいなかった。また次の機会があるさ、と父さんはぼくを励ましてくれた。その翌日、郵便配達人がやってきて、一通の封筒をぼくに手渡した。

その封筒を見て、ぼくの心臓は飛び出そうだった。その手紙にはインドネシアのある省庁の名称と、海外の財団の名称が書かれていた。すぐにそれが奨学金選考委員会からのものであることがわかった。あまりの緊張でぼくは封筒を開く勇気がなかった。ぼくは家の外に出て、玄関ののぼり階段に腰を下ろした。父さんと母さんはぼくのうしろをついてきた。ぼくはその手紙を横に置いて、長いあいだながめていた。もし不合格だったら、これが十四回目の不合格になる。そろそろあきらめることを現実的に考えなければならない時期だった。とても不安だった。父さんと母さんも緊張してぼくのうしろに立っていた。ぼくは深呼吸をして、その手紙を手に取り、開いて、内容を読んだ。

「イカル、どうなの？　なんて書いてあるの？」と母さんはぼくにたずねた。

「合格したのかい？　奨学金はもらえるのかい？」

ぼくはふりかえり、言った。

「合格したみたいだ、母さん」

それは父の願い

Harapan yang Tak Terkatakan

自転車でティマー社の本社前に着いたのは、もう真夜中だった。不気味なほど静かだった。月は青白く、風は強く、ケラナイは街灯にしがみつき、カモメは遠くで鳴いていた。

ぼくはフェンスの前に立ち、本社前の広場をながめた。ぼくの心は、一九八九年四月十四日の金曜日に戻っていた。いまでも鮮明にぼくの目に焼きついている。父さんが、あの広場の真んなかで辱《はずかし》められ、気まずそうに立ち尽くしている姿を。ぼくはポケットのなかの奨学金合格通知を取りだした。ぼくはそれをしっかりとにぎりしめた。ぼくへの期待を父さんは一度も口にしたことはない。しかし父さんの身に降りかかった災難が、夢をあきらめないぼくの原動力になっていたことにあらためて気づいた。

翌日、ぼくはふたたびジャカルタ行きの貨物船に乗っていた。その一週間後、ヨーロッパのある国の大使館に面接に呼ばれた。奨学生のインタビューは、別室でおこなわれた。部屋の前で待っていた。

自分の運命が大きく変わったことを知り、ぼくはまだぼう然としていた。奨学金試験に幾度も挑戦してはダメだったので、それはほかの特別な人間のものだと思うようになっていた。いま、ぼくはその特別な人間なのだ。見知らぬ土地で、一生懸命勉強しながら生活するという、ぼくの人生の新章を期待に胸を膨らませていた。そんな高揚感《こうよう》のなか、背後から突然、呼びかける声が聞こえおどろいた。

「ボーイ！　ボーイ！」鳥肌が立った。それはよく聞き慣れた声だった。ぼくはふりかえり、人ごみのなかで声の出所を探した。

「ボーイ！　ボーイ！」今度は、ぼくの横から声がした。振り向き、そして気を失いそうになりながら、ぼくは目を疑った。

「アライ！」

おなじみの、背が高くて、ぎこちない立ち姿のアライがそこにいるではないか！　ぼくはイスから飛びあがり、彼のほうへ駆け寄った。興奮しないわけにはいかなかった。ぼくは彼を抱きしめて体をゆさぶった。

「アライ！　最後の末裔《シンパイ・クラマット》!?」

アライは満面の笑みを浮かべていた。

アライもカリマンタンで奨学金の試験を受けて、合格していたのだ。これは偶然なのか？「すべての出来事には意味がある」という説の証なのか？　おそらくそうだろうが、すべては簡単に説明できる。ぼくが奨学金試験に合格したのなら、アライはずっと優秀なのだから合格しているに決まっている。そういうことだ。

　胸のドキドキはとまらなかった。まるで墓場から出てきた死人を見るかのようにアライを見ていた。彼はわかってくれるだろうか？　アライ、そして父さんが、ぼくの人生をとんでもなく変えたのだということを。ぼくはうれしかった。ぼくが失ってしまったとずっと思っていたものをふたたび見つけた気分だった。

　アライはほとんどなにも変わっていなかった。その弾けるようないつもの笑顔、無邪気で陽気で優しさを発しているつぶらな瞳、カマキリのようなぎこちない立ち姿、いつも持ち歩いているキャンバスバッグ、すべてが変わっていなかった。

　面接のあと、場所を移し、たがいにこれまでのことを話した。あのとき、アライがぼくを置いて去らなければ、いまのこのような状況で再会することはなかっただろうということにすぐに気づいた。心に残ったアライの話のひとつは、アライの初恋の人、ザキア・ヌルマダとふたたび連絡をとりはじめたことだった。高校時代とはちがい、今回はこの夢を追う者《サン・プミンピ》に風が吹いているようだ。マレーの娘がなぜアライに心を寄せるようになったのか、その理由はわからない。ザキアの名前が出るたびに、アライの目は夜明けの明星のように一層輝くのだった。

　三週間後、ぼくとアライはすでにKLMオランダ航空のエコノミークラスの飛行機に乗っていた。はじめて飛行機に乗った経験談は数えきれないほどあるので、ここでは詳しく説明しない。しかし、友よ、これだけは言わせてくれ。

エコノミークラスでの長距離移動はもううんざり！
十六時間ほど上空にいただろうか、早朝、窓から、たがいに競うように流れる三本の川が見えた。ぼくはコリンズのポケットサイズの地図帳を開く。それはオランダを流れるライン川、マース川、スヘルデ川だった。地表は奇妙だった。白い土を見るのはそれがはじめてだ。季節は十二月で、それは雪だった。

飛行機を降り、はじめてヨーロッパの地を踏むと、アライは両手を広げた。父さんとぼくがサトウキビ島に彼を迎えに行き、トラックの上でやったのと同じように。

世界よ！　われを迎えよ！　われこそは一族最後の末裔《シンパイ・クラマット》、おまえに会いにきたぞ！

それぞれリュックを背負い、本の入った重いスーツケースを引きずっていた。本はつねに運命と戦うための弾薬だ。本があれば、どんな戦場でもけっして負けることはない。

アライはこれらのバッグに加え、キャンバス地のバッグも持ち歩いており、けっして身から離すことはなかった。そのバッグにはなにが入っているのかとたずねても、アライは一度も答えたことはない。

スキポール空港では、奨学金の財団職員が出迎えてくれることになっており、その後、ベルギーへ移動することになっていた。ぼくはジャカルタの奨学金選考委員会から受け取った書類を確認した。出迎え職員はＦ・ソマーズという女性だ。きっと眼鏡をかけ、ブレザーを着て、短髪で、いかにもオフィス・マネージャーという感じの、権威ある女性で、奨学生の面倒見がよく、手際がよいというイメージだ。

まだ空調の効いた空港の建物内なので、外気がまるで野生動物にかまれたような猛烈な寒さであることにぼくたちは気づいていなかった。おそらくほかの出迎えの人々に混じって、われわれの名前を書いたボードを掲げて立っているにちがいないと、その女性を探した。

でもどこにも見当たらない。ぼくたちはキョロキョロと探しつづけた。

「オイッ！　オイッ！」

若い女性がこちらに向かって走ってきた。ぼくたちはおどろいた。きっと彼女は人ちがいをしているにちがいない。

「オイッ！」

でも、彼女が声をかけていたのは、やはりぼくたちだったようだ。彼女は息を切らしながら、ぼくたちの前で立ち止まった。

「*Waith... Waith...* わたしはファムケ、ファムケ・ソマーズです。写真であなた方の顔を確認したわ」

彼女は満面の笑みを浮かべ、ぼくたちは握手をしてあいさつを交わした。

「ついてきて。上着を着てね」

彼女の後を追い、階段を降りて地下鉄のプラットホームに行く。暖房の効いた空港から出て、猛烈な寒さにおどろく。ファムケは、ぼくたちが震えているのを見て笑っていた。彼女自身は、穴の開いたタイトなジーンズに長袖のTシャツ、首にはスカーフを巻いただけの格好だ。

ぼくはふたつのことにあぜんとした。まず、ぼくが抱いていたF・ソマーズのイメージは、実際と大きく異なっていること。次に、オランダのあいさつがオイ！　であること。それはぼくたちの村のマレー人のあいさつのしかたとまったく同じだった。

アムステルダム中央駅からブリュッセル行きの列車に乗った。ファムケとはすぐに打ち解けられた。ぼくたちと同じように、彼女もまた奨学生だった。アムステルダム芸術大学に在籍中の大学生だ。

オランダからブレダを経由して、ベルギーの端にある小さな町、ブルージュへ。ブルージュ中央駅からさらに北上し、とても静かな町へと電車で向かった。やがて、二階建ての黒い家にたどり着いた。ここがぼくたちの仮住まいだった。

「さあ、わたしはここまでよ、あとは、」ファムケはぼくたちの手紙を開いた。

「シモン・ファン・デル・ウォール、ここの家主さんの名前ね」

「もう大丈夫ね。お元気で。きっとどこかでまた会うと思うわ」

アライとぼくは礼を言った。ファムケはアムステルダムに戻るため、駅に戻った。

ファムケが去ったあと、中庭を横切り、大きなドアの前にたどり着いた。ぼくはファン・デル・ウォールと書かれたベルを鳴らした。するとなかから、あわただしい足音が聞こえてきた。ドアが開くと、大柄な男が立っていた。ファムケにすぐに帰ってもらったことをすぐに後悔した。

「いつジャカルタから到着するのか何度も問い合わせたが応答なしだ！　たしかに空き部屋はあるが、きちんと手続きは済ませてもらう必要がある。日曜日だからたまたま家にいたが、そうでなければ君たちは中庭を通り抜けてここには来られなかったぞ！」

ファン・デル・ウォールさんの態度は、外気温より三度ほど低かった。アライがなんとか弁明しようとしていた。あのアパートに泊まることが許されないのなら、どこに行けばいいのかわからないとぼくは言いたかった。だが、彼の様子から、そんなことをすればよけいにののしられることは想像できた。こんな感じだ。

（――そんなことは知ったことか！　野宿でもしろ！　自業自得だ！）

「明日まで待ちなさい。ここに住めるのは事務手続きが終わってからだ」

ぼくたちは帰ろうとした。ふりかえると、ファン・デル・ウォールさんが玄関に寄りかかりながらこちらを見ていた。

ぼくたちは道端でぼう然と立ち尽くしていた。空から白い雪が降ってきた。ぼくの胃はみぞおちまで上がっていた。このあと、なんと過酷な世界が待っているのだろう。

ぼくたちは、あてもなく歩いていた。寒さをどうしのぐか、それだけが頭のなかにあった。ガラス窓のある四角い家のなかでは、暖房の手の届かないところで、人々が居間に集まって冗談を言いあっていた。ぼくたちの村とちがって、他人の家のドアを勝手にたたき助けを求めるわけにはいかないことはわかっていた。ここでは他人の庭に入っただけで銃で撃たれるかもしれない。すべてを理解するにはぼくたちは単純すぎたのかもしれない。しかし、少なくともファン・デル・ウォールさんとの経験で、ぼくたちはどう行動すべきかを学んだ。

ホテルやモーテルは見当たらない。すべての建物は固く閉ざされている。だれも家から出ず、車も通らない。まさか、その日の夜から気温が急激に下がるという深刻な事態を想定して、みんなが準備しているとは、そのときは思いもしなかった。それどころかぼくたちは、むき出しの自然のなかをさまよい、冬という魔物の牙の餌食《えじき》になろうとしていた。アライは小さなキオスでろうそくを買った。その店はすぐに閉店した。

バックパックを背負い、おんぼろのスーツケースを引きずり、寒いのでぼくたちは動きつづけた。雪のために木々は白くなり、通りは雪でおおわれた。地図で見ると、この小さな村は観光地ではないようだ。北海に面し、冬はとても寒くなる。道の先には小さな公園があり、壁のないシェルターが見えた。ぼくたちはその方向へ向かった。

シェルターのベンチにくっついて座った。ぼくたちが人生ではじめて見る雪がはげしくなりつつあった。静かで緊張感があった。雪の経験がなかったため、そのうちなんとかなるだろうと考えていた。ジャカルタから二十時間以上ノンストップで移動してきたため、とても疲れていた。ほかの解決策を探す前に、しばらくここで休息をとることにした。いつのまにか、おたがいに寄りかかり、眠りこんでしまった。致命的なあやまちだ。

ひゅうという風の音で目が覚めた。周囲がすっかり暗くなっていることにおどろいた。耳が痛い。どのくらい寝ていたのかわからない。直感で深夜零時を過ぎていると思った。耳が痛いのは寒さのせいだということにようやく気づいた。

「アライ！　アライ！　起きろ、アライ！　起きろ！」

アライはよろめきながら目を覚ました。強い風とともに、零下十数度という気温を感じた。風さえも凍るような暗さだった。

ぼくたちの体ははげしく震え、指にはしわがより、痛かった。寒さが身にしみ、喉の渇きに異変を感じた。目がチカチカし、胸が苦しく、首をしめられているように息をするのが難しかった。ぼくはもがいた。

これは肺水腫の致命的な攻撃なのか？　アライはおどろいてぼくを見た。

「おい、鼻血が出ているぞ」とアライが言った。

心臓がバクバクした。

「低体温症だ！　体温が低くなってる！　生命もあぶないぞ！　がんばれ！　イカル」

アライはバッグを開け、服を全部取り出してからぼくに着せた。ぼくは寒さではげしく震えていた。いまにも気を失いそうだ。しかし、不思議なことに、急に体が熱くなった。体がほてっているような感じだ。重ね着を脱いだ。

「ダメだ、イカル!!　服を脱ぐな！　暑いというのは幻覚だ！　幻覚の先にあるのは死だ！　やめろ、ボーイ！　服は脱ぐな、危険だよ！」

突然、アライがぼくの体を持ち上げて、雪原をよろめきながら木に向かっていった。彼はぼくを地面に寝かせた。なぜ彼はぼくを地面に置いたのだろう？　地面は冷たく、よけいに苦しくなる。アライの行動は異様だった。パニックと混乱でおかしくなっているのか!? アライの行動は、木の下に散らばっていた落ち葉をぼくにかぶせるという、さらに異様なものだった。凍りついてしまいそうだ。関節はまひし、呼吸はさらに息苦しくなり、意識は遠くなる。冒険の初日で死にたくないと、気を引きしめようとした。

「気をしっかり持て、イカル! 寝るなよ! 話せ、ボーイ! しゃべってみろ!」

アライは、意識を失わないように話せと言っているのだと思った。ぼくはけん命に声を出した。

「ア…アリン…、ジ…自転車、熱い、コ、コーヒーはつけ払いで…、イ…石垣、ヤナギの木、アストゥリア、ア、アリン…、エン、エンザー…」。自分でもなにを言っているのかわからない。アライはそのあいだもぼくに腐葉土を積みあげ、強く抱きしめつづけてくれた。そして、ついに視界が遮られた。これが死というものなのか。沈黙、静寂、暗闇、もはや時が動いているということすら感じなかった。しかし次の瞬間、奇跡が起きた。背中にほのかな温もりが伝わってくる。体のまわりの腐葉土が蒸発していくような感覚に陥る。視界が開け、心臓の鼓動が整いはじめ、呼吸がひとつひとつ戻ってきた。少しずつ、自分の人生を取り戻している。ぼくはおどろき、アライを見つめた。アライはうれしそうに声を上げた。

「腐葉土だ! 腐葉土だ、友よ! 腐葉土が熱をたくわえる! プロイセン軍はこうして冬を乗り切ったのだ! 歴史の本を読んだことがないのか!?」

世界のはじまり

Awal Dunia

フローニンゲンから一時間、ユーロラインのバスは、だんだんフランスらしくなっていく場所を通過していく。リエージュ、マルシュ、バストーニュ。

オランダ北部の都市、フローニンゲンに留学して一年になる。高校時代からの念願である、経済学をぼくは専攻していた。アライは数学を専攻した。そして、この奨学金には、ほかの大学で学業の最終段階を修了できる「サンドウィッチ・プログラム」というユニークなプログラムが用意されていた。奨学金制度に加盟しているヨーロッパの大学は十四校あり、そのなかから選ぶことができる。

アライはエセックスを選んだ。その理由は知らない。ぼくはシェフィールド・ハラム大学を選んだ。それは『フル・モンティ』を観たからだ。

またぼくたちは運も良かった。パリ・ソルボンヌ大学での文献調査の研究計画が承認されたのだ。もちろん、学位取得のための調査として必要だったのだが、フランスは、高校時代の下宿の壁に貼ってあった世界地図で、アライが冒険の目的地にした国でもあった。

ガリエーニのバスターミナルに着いたとき、フランスはまだ目を覚ましていなかった。ターミナルの片すみでは、寝袋に詰めている人たちがいた。急な階段を下りて、地下鉄に急いだ。四角い鉄格子のブースで、大きなマグカップでコーヒーを飲む男性。ブースのインテリアとこれだけ調和しているということは、長いあいだチケット売りをしていたのだろう。あらゆるものが、彼の手の届くところにあった。ぼくたちは一番乗りだった。ぼくが英語で質問すると、彼はフランス語で答えた。

「Two tickets, my friend, whatever tickets to the Eiffel Tower!（エッフェル塔までのチケットを二枚！）」ぼくはそう言った。彼は笑った。

「Bienvenue à Paris, Monsieur!（パリにようこそ、ムッシュー！）」

ぼくは地下鉄のドアの上にある路線図をじっくりと見た。だが、ガリエーニ駅からはじまり、発音の難しいポン・ド・ルヴァロワ・ベコンまで赤と青の点線が書かれているだけなので混乱した。まもなくぼくたちはバックパックを背負い、スーツケースを引きずりながら、トロカデロ駅を出た。すると、霧のなかにかすかに黒い人影が見えたので、あぜんとした。背が高く、力強く、空にそびえ立っていた。傲慢で、威張りくさっていて、思いやりがない。タワー殿は雲と対話したいだけなのだ。

Ω

エセックスやシェフィールドで講義を受けながら、何度かビザを更新した。そして、夏休みに入った。つまり、オロヴァンナヤという、はるか遠い、モンゴルの草原、サバンナを旅するという大きな夢を実現するときが来たのだ。そのときまで、あえてぼくたちにとって、まだ謎の多い場所であるままにしてきた。謎が多く、未知の場所であればあるほど、冒険心がかき立てられるからだ。

奨学金を節約して少しずつ貯めたほか、ファーストフード店、高齢者の介助、イベントの手伝い、さらにはスーパーのレジ係など、いわゆる学生らしいアルバイトをした。すべては旅行資金を貯めるためだった。

残念なことに、それでも資金は十分ではなかった。しかし、ファムケ・ソマーズがユニークな解決策を提案してくれた。イギリスから、彼女に会うためにアムステルダムまで足を運んだ。

ファムケもバックパッカーであることが判明した。美大生だった彼女は、大道芸人として街から街へとパフォーマンスをすることで、旅の資金を捻出していた。正確には、人間の銅像だ。もちろん、公共の場でパフォーマンスをすることは許可がいるので、そう簡単ではないことはわかっていた。

「Sprits of summer!」ファムケは言った。

「大丈夫よ。夏はけっこう緩やかなの。警察だってそんなにきびしく取り締まることないから」

もともと変わったことに興味があったアライは、このアイデアをとても気に入ったようだ。

「銅像人間はやってみたかったんだよ！」と言う。正確には、アライはアーティストに憧れがあったが、芸術的な才能はまったくなかった。

「最高だよ、イカル？　旅の資金を訪れるすべての街で銅像人間を演じることでまかなう！　なんて天才的なアイデアなんだ、ファムケ！」とアライ。

正直なところ、ぼくもこの奇妙な提案には興味があった。ファムケが自前の衣装を二着貸してくれたのはありがたかった。そして、ふたりに人魚のメイクとポーズの取り方を教えてくれた。

アムステルダム中央駅前での二回目の公演は成功し、ファムケのアイデアはうまくいくだろうと楽観的になった。ぼくたちのパフォーマンスの前にある帽子にコインを投げ入れる人はかなりの人数になった。ぼくたちはみな、最初は少しためらい、ぎこちなく、羞恥心《しゅうち》があったが、何度かパフォーマンスを重ねるうちに、銅像になることが好きになってきた。

ドイツから南下していった。ほかの西ヨーロッパの諸国と比べてそれほど豊かではない国々に興味があったからだ。バルカン半島、ブルガリア、モンテネグロ、ルーマニア、トランシルバニアに到着した。憧れのロマの人たちにも会えた。

ぼくたちは、都市から都市へと旅をつづけた。より冒険的な気分で、よりバックパッカーらしく、街の公園やターミナル、駅などで寝袋のなかに体を丸めて寝た。

屋外で寝るというのは、時に危険であることは否定できない。危険を察知したら、ジャカルタでホームレスをしていたときにホームレスのおじいさんに教わった、「つねに移動し、つねに明るいところにいる」ということを実践した。

中欧からポーランドを経由してスカンジナビア諸国へ。ヘルシンキから、下宿の壁に貼ってあった地図に書き記した国、ロシアに渡った。

ぼくたちのロシアの旅ははじまった。西欧や中欧を旅するのは比較的簡単だったが、ロシアではまったく話がちがった。銅像人間のパフォーマンスが許される場所はほとんどなかった。ぼくたちは鉄道のエコノミークラスで、ようやくモスクワに到着した。

モスクワからは、世界最長の鉄道路線であるシベリア鉄道に乗るという夢を叶《かな》えることができた。北京まで八千キロメートル。でも、カザンにはモスクがたくさんあるということを知り、そこで降りた。ロシアにあるモスクを見たかったのだ。

カザンからは、町から町へ、村から村へと旅して行った。資金はほとんど尽きかけていた。ジャカルタでの生活と同じように食事は一日一食と節約した。

旅が進めば進むほど、自分たちがどこにいるのかわからなくなる。すべての地名は、読むことのできないロシア文字で書かれていた。とにかく東へ、東へ、ロシアとモンゴルの国境まで行けばいい、それだけだった。

ついにまったく資金が尽きた。ある村に着くと、農夫や牧夫のためにどんな仕事でもすると申し出た。ベリーやオリーブ、プラムを摘み、牛の乳搾りもやった。食事や数泊の滞在先と引き換えでも、喜んで働いた。なぜなら、ぼくたちの目的は、なにがあってもオロヴァンナヤの地を踏むことにあったからだ。

シズランのあとの小さな村で、ぼくたちは不幸にも警察に理由もなく逮捕されることになった。ぼくは、有効な書類、学生証、パスポート、ビザがあること、シェンゲン条約の適用を受けていることを説明した。ロシアはシェンゲン条約に加盟していなかったが、村の警察官ふたりがそのことを知らないことを祈るばかりだった。

「わたしたちは国連の下部組織である国際バックパッカー機関のメンバーでもあります。百二十二カ国が批准した条約により、バックパッカーはどこにいても保護されなければならない」とアライは警官に説明した。もちろんアライが勝手につくった架空の組織である。

その夜、ぼくたちは拘置所に抑留された。翌日、警官に連れられて村の境界の外に出た。ぼくたちは、空腹と傷ついた心とともに無造作に放逐された。近くには自生のプラムの木があった。実のなる時期が終わり、実らしきものはなにもなかったので、葉をむしり取ってかじった。味はなんとも言えない。目を閉じて息を止めながらかんだ。

とにかく東へと移動をつづけた。バス、トラック、家畜を運ぶ列車など、乗せてもらえるならどんな乗り物でも乗った。しかしほとんどは歩いていた。カザン以降、食べ物がなくやせてしまい、ベルトの穴の数がどんどん増えていった。おそらく十数キロはやせたと思う。疲れてボロボロになりながらも、東へ東へと進みつづけた。

住民の発音からすると、ベルーズと聞こえる町に到着した。その町で、車掌に頼みこみ、建築資材を積む列車に乗せてもらうことになった。しかし真夜中に、「列車の積荷検査がある」と、広い野原の真んなかで突然降ろされた。自分たちがどこにいるのか、まったくわからなかった。空は晴れ渡り、星がきらきらと輝いている。ぼくはふと、星の読み方を教えてくれたウェーの漁師のことを思いだした。遠くの空に、かつて覚えた星座がかすかに見えた。

「カゴ罠《わな》座だ！」

アライは、ぼくが指さす空の方向を見た。

「つまり東だからそっちに歩けばいいんだ、ライ！」ぼくは右を指さした。

実は、自分がなにをやっているのか、まったくわかっていなかった。ぼくが見ているものは、カゴ罠《わな》座ではない可能性が高かった。アライも疑問に思っているようだが、多くを語らなかった。ただ、彼はぼくの提案に心から賛成してくれた。すべてが明白であるならば、どこに冒険があるというのだ、というスタンスは変わらないのだろう。すべてを確実にしたいのなら、旅行代理店に行って手配してもらえばいい。

気がつけば、イギリスを出てから何週間も、何千キロも旅をしていたのに、いっこうにオロヴァンナヤにたどり着かない。ロシアは広大だ、果てしなく広大だ。見渡すかぎり、ロシアだ。山や森で視界が遮られることもしばしばあるが、その森の向こうもまだロシアだった。

シベリアのツンドラやタイガを移動した。夏だというのにとても寒かった。寒さで縮みあがり、空腹にも耐えかねもうすぐ死んでしまうのではないかという気分だった。そしてぼくたちは廃坑になった鉱山の村にたどり着いた。冷たく、荒涼とした、不気味な雰囲気だった。

村に入ると、かならずと言っていいほど、犬の鼻息や牛の鳴き声が聞こえてくる。空腹であるときには、できるだけ行儀良く、村人に食べ物や水を請う。そしてどんな仕事でもやりますと申し出てきた。基本的にはどこでも親切にしてもらってきた。ぼくたちがインドネシアから来たと言うと、彼らははじめてアフリカ人に会ったと言った。

ロシアの奥地に行けば行くほど、異なる文化に出会うことができた。ぼくたちの村では胎盤を埋葬する習慣があるが、このロシアの辺境では胎盤を屋根に投げ捨てる光景を目にした。山岳地帯にひっそりとたたずむ鉱山の村々や、観光客が立ち寄らないような場所にヨーロッパの本質を見出す。それがそもそもの目的だったのだ。

自分自身、よくこんな遠い、見知らぬ土地までたどり着き、しかも生きているとおどろいている。村人たちの親切心、ぼくたちが小さいころから抱きつづけてきた大きな夢、そして草木をかじって飢えをしのいでも目的を達成しようという気持ちのすべてが重なった結果なのだろう。

そして、クングールに到着した。この小さな町では、市場でリンゴの袋を運ぶ仕事をした。食料と少しのお金をもらった。クングールからさらに移動して、ある農村に来たとき、災難に見舞われた。

アライは最初、青ざめた表情をしていた。休みたいと言うのは、彼らしくなかった。ぼくたちは荷物を下ろし、カーズの木の下で休んだ。アライは熱があった。村はずれの農家の家に行き、助けを求めた。身ぶり手ぶりで農夫がぼくたちに「どこへ行くんだ」と聞いているのだと理解した。

「オロヴァンナヤ、つまりモンゴルです」とぼくは答えた。農夫とその妻は目を見開いていた。農夫の妻は、ロシア語というか、聞いたことのない言葉で長い文章を口にした。彼女はモンゴルと言及し、おそらくぼくたちのことも頭がおかしいのではと言っているように感じた。

農夫は小柄で、妻の大きな体格とショックを受けた顔とは対照的であった。身ぶり手ぶりで、アライが熱を出したので休ませてほしい、多少のお金ならあると伝えようとした。クングールで働いて稼いだお金だ。農夫とその妻は、お金を受け取らなかった。

ぼくたちは農家に泊まった。その農家の奥さんは、とても親切な人だった。彼女はアライに薬と山羊の乳を与えた。ぼくたちが理解できないことを知りながら、彼女は話しつづけた。夫は妻に「われわれは彼らの言葉を理解していない」と言おうとした。夫婦は小さな喧嘩をしているようだった。すると、奥さんがまた話しかけてきた。叱咤激励と忠告、迷惑と哀れみが同時に伝わってきた。

翌朝、アライの容態は良くなったが、昼にはまた高熱が出た。これが何度もくり返された。その日の朝、また元気になるかと思いきや、そうでもなかった。熱はさらにひどくなった。彼の体に触れてみると、まるで石炭に触れたかのように熱かった。アライの目は、まるで死にかけた人のようにまばたきしていた。この状況は命取りになると思った。

弱々しく訥々《とつとつ》と、アライはぼくにバックパックからバッグを取りだすように頼んだ。バックパックのなかには、彼が肌身離さず持ち歩いていたキャンバス地のバッグがあった。バッグを手渡した。アライはバッグを開けると、写真立て、ネックレス、ブレスレット、指輪を取り出した。そんなことをまだ覚えていたことにおどろいた。プラスチックのフレームには、花嫁姿の母親と父親の白黒写真、麻縄のネックレス、木のブレスレット、木の実の指輪は、アライが死んだ妹のためにつくったアクセサリーだった。そのバッグが、彼がどこへ行くにも離れない理由がわかった。

アライはアクセサリーを手にしながら、父母の写真を見ていた。いやな予感がした。もしかしたら、今日はシンパイ・クラマットがこの世に存在する最後の日になるかもしれない。急いで行動しなければならない。村に医者はいなかった。夫人とぼくはアライを抱きあげ、牛車に乗せた。農夫はトラックを持っている人物の家まで牛車を走らせた。トラックはクングールまで疾走した。

一時間後、クングールのはずれにある診療所に着いた。手にタバコを持ち燻《くゆ》らせている白衣を着た男が、窓越しにぼくたちを見ていた。コサック兵のような顔をした男は、少しばかり英語を話した。

「そこに寝かせろ」と彼はぼくたちに指示した。アライを診察台に寝かせた。男はすぐにアライを診察した。彼はアライの目を開いた。彼はすべてをチェックした。口を大きく開けて、舌を出せと言った。

「彼はなんの病気ですか、先生?」とぼくは聞いた。男は心配そうにぼくを見つめた。ぼくの心臓の鼓動は早くなった。

「マラリアだろうね」

ぼくはがく然とした。アライが父親と同時にマラリアにかかったという話を思いだしたのだ。アライは生き延びたが、父親は助からなかった。マラリア原虫は、一度かかった人の体に定着し、ある日突然、思いがけないタイミングでふたたび襲ってくることがある、というアライ自身の言葉を信じるようになった。アライの体内で長いあいだ待機し、ここロシア東部でふたたびよみがえり、アライを殺すのだろうか。この見知らぬ土地で？

「ああ、先生！　彼を助けてあげてください」とぼくは言った。

「この男は死んではだめなんです！　彼は一族最後の末裔《シンパイ・クラマット》なんだ」

医者は、ぼくの言っている意味がわからず、顔をしかめた。ぼくは、アライが一族の最後の生き残りであることを説明しようとした。

「彼が死んだら終わりなんです先生。フィニッシュ！　フィニート！　ジ・エンド！　絶滅する！」

医者は絶句した。理解したからなのか、混乱してたからなのか、わからない。ぼくは説明する方法を探した。

「ドードー鳥だ」とぼくは言った。

その医者の目を見開くような視線は、まるでアライが希少な人類の最後のひとりであるかのように、アライを凝視していた。すぐにふりかえって、ふたたびアライを診察した。

マラリアの影響で、クングールには一週間ほど滞在することになった。アライの体調が回復したあとも、ぼくたちは東へ東へと旅をつづけた。三カ月近く旅をして、数えきれないほどの村や町があったが、オロヴァンナヤにはたどり着けなかった。ひょっとしたらアライが下宿の壁に描いた地図が正確でなかったのかもしれないという疑念が心のなかに浮かんだ。地元の図書館で借りた本をもとにアライはその地図を描いたのだ。そこには時代おくれの本がたくさんあったことを知っていた。

その日、ぼくたちは炭鉱の村に到着した。その村はただ通りすぎる予定だった。村の境には、ロシア文字で村の名前が書かれた標柱が立っていた。なぜだかわからないが、その読めない標識は、ぼくになにかを語りかけているように思えた。そこからトラックに乗りこんだが、東に向かっていることだけはわかった。

トラックには多くの女性が乗っていた。彼らは見知らぬぼくたちを見ておどろいた。やせ細ってみすぼらしいぼくたちを見て、思わずほほ笑みあっていた。女性たちからオレンジと水を分けてもらった。ぼくは彼女たちとコミュニケーションを取ろうとした。女性のひとりがぼくのノートに「Chita」と書きこんだ。

「アライ！　彼女たちはチターの人々だ！」

以前、チターについて本で読んだことがある。女性たちは、通常、梨の摘果作業をしていた。とても親切な人たちだった。ぼくたちのまったく理解できない言葉で話しかけてきた。どこに行くのか聞いているようだった。ノートにぼくは「Oloyannaya」と書いた。先ほどチターと書いてくれた女性は、笑顔でうなずき、トラックのうしろを指さした。ぼくは目を丸くしていた。

「オロヴァンナヤ？」と指を差しながらたずねると、彼女は笑顔でうなずいた。

「オロヴァンナヤ」と彼女はくり返した。アライも目を丸くしていた。三カ月間、苦労して探した場所、高校生のときから夢見ていた場所、アライが「世界のはじまり」と言った場所は、いま、通りすぎた村であった。村の看板がなにか言っているような気がしたのは、いまなら理解できる。

アライに村に戻るかたずねた。アライはぼくを見て、ほほ笑み、首を横に振ってから、視線を東に向けた。なぜなら、彼が感じていたように、ぼくたちも最初からオロヴァンナヤを見つけることが目的ではなく、自分自身を見つけることが目的だったのだから。

数日間、チターの女性たちといっしょに梨狩りをした。農園主から賃金をもらい、ロシアとモンゴルの国境まで旅をつづける。ようやくモンゴルにたどり着いた。そしてある夜、つねにぼくたちが夢に見た、広大なサバンナで、星空の下、遊牧民のように眠った。

ぼくたちは、一番近い小さな町に着くまで旅をつづけた。川のせせらぎが聞こえるカフェで、地元の人とおしゃべりをした。外国人に会うと、講座で習っている英語を実践できるのがうれしいのだそうだ。ガイドを志す青年は、「この街は冬とても寒い」と言う。

「気温はマイナス四十五度まで下がり、川も凍る」彼は川を指さした。アライはぼくのほうを向いてほほ笑んだ。アライが「北の空の星の下にある」と言っていた土地に、やっとたどり着いたということなのだろう。サトウキビ畑でランドゥ・カポックの高い枝に座っていたとき、彼が指さした土地だ。川が凍るほど寒い土地だ。

カフェでロシアとモンゴルの大きな地図を見て、モンゴルへの旅はつねに東に向かっていると思いこんでいたが、実は東ではなく、南に向かっていたことに気づいたのもこのときだ。しかし、友よ、すべてが明白であるならば、どこに冒険がある？

ロンドン・ロード

London Road

モンゴルから二週間かけてサンクトペテルブルグに到着した。そこからモスクワに行き、数日後にヘルシンキまで戻った。ふたたびヨーロッパだ。

往路では立ち寄っていなかったヨーロッパ諸国を通過し、いくつかの街でふたたび「人魚」のパフォーマンスをやった。

英国に戻ったときにはとっくに夏が終わっていた。それからの数カ月は、シェフィールドでの勉強でとても忙しかった。エセックスのアライもそうだ。

スリリングな冒険のことをよく思い返した。そして、ふとまわりを見まわすと、大学のカフェテリアで、冷めかけたコーヒーと向きあっている自分がいた。

ぼくはシェフィールドで孤独に向きあっていた。ロンドン・ロードのある三階建ての住居の屋根裏部屋を借りていた。生活するにも勉強するにも静かで快適だった。その静寂のなかで、深夜二時になるとどうしても目が覚めてしまうのだ。ぼくは立ち上がり、窓の外を見た。スズの採掘場に行く労働者を運ぶトラックに向かって、小走りに走っていく父さんの姿が見えたような気がした。

履修した科目をすべて終了し、学位論文執筆のための研究に取りかかる。そのためにクラスメイトのニノチカ・ストラノフスキー（通称ノチカ）とぼくは、ホプキンス・ターンブル教授の指導を受けることになった。ノチカは旧ソビエト連邦のジョージアからの留学生だ。チェスの女流棋士としての優れた活躍が認められ、母国政府の奨学生として選ばれてきていた。ノチカは将来、ジョージア政府から国際的な女性グランドマスターになることが期待されている。

教授の家はシェフィールドのかなり郊外にあった。シェフィールドに長く住んでいたぼくは、ピーク地区に来たことはなかった。午後二時四十五分、アンジェロニアとマリーゴールドの花が前庭に咲き誇る、青い壁の家に到着した。ノチカの説明が正しければここがターンブル教授の家でまちがいない。玄関のチャイムを鳴らすと、ゆっくりとした足取りで近づいてくる足音が家のなかから聞こえた。ドアを開けたのは、上品で親しげにほほ笑む中年の女性だった。

「あら、まあ、あなたがキンスの学生さんね」

夫人はぼくを家のなかに招き、イスに座らせると、すぐにぼくに謝った。教授はさっきまでぼくを待ってくれていたのだが、急用ができ先に薬局に行くことになったそうだ。

「申し訳ないけれど、その薬局はここからかなり離れたドンカスターにあるの」

ぼくは、まったく問題ないと言った。今日はほかにやることもないので、のんびりと待っていますと答えた。

「でも、一時間以上待つことになるかもしれないわ」と夫人は申し訳なさそうに言った。

「わかったわ。では、こうしましょう。どちらでも好きなほうを選んで。ここにいて、わたしとおしゃべりをしながら待っているか、もしくは、このあたりの村々を訪ねたことがある？　この季節はとてもいいところよ。あそこの停留所には、一時間に一本はバスがあるから。村々を見るには美しい午後よ」

ターンブル夫人と話したい気持ちもあったが、田園の散歩の誘惑に負けてしまった。

結局、夫人の二つめの提案にしたがうことにした。やがてぼくは古ぼけた村内循環バスに乗りこんだ。バスには、農作業の帰りであろう、数人の農夫たちが座っていた。みんな、長時間の畑仕事で疲れているのか、会話する気にもならないほど無言だった。バスはガタゴトと道を上ったり下ったりしながら走りつづけた。道はだんだんせまくなっていった。

バスは村のひとつひとつに停車していった。そのたびに農夫たちは代わる代わる乗っては降りた。車窓からひまわり畑が見えた。家畜の飼料のためにロール状に巻かれた牧草、広大な草原、走りまわる馬、一本、一本その場所を定められているように見える木々たち。夫人の言葉どおり、その景色は本当に美しかった。二番目の選択肢を選んでよかった。

一時間近くバスにゆられ、村々を蛇行しながら走りつづけた。ターンブル教授の家からずいぶん遠くまで来たような気がした。そして、バスは坂を上った。最初は丘の上がポプラの葉でおおわれ、それが道路にびっしりと並んでいるように見えた。バスが丘の上に着くと、ポプラの葉がちぎれるように、一気に頭のなかの絵に飛びこんでくるような光景が目の前に広がっていた。

バスは坂道を下り、村に近づいた。酉の彫刻が施された村の門、石積みの家々、ブドウ畑、ヤナギの木のあいだを縫う小道など、過去に見たことがあるような気がして、ぼう然としてしまった。村に近づくにつれ、農場のフェンスにスイセンやウィステリアがたくさん生えているのを見て、ぼくははっとした。ぼくの心のなかに長く住んでいた空想の国へと連れていかれたような気がした。

ぼくは立ちあがり、急いで表に出て、運転手に止めるよう頼んだ。バスが止まった。ぼくはあわててバスを降りた。そして、道の向こうから村をながめてぼう然と立ち尽くした。ぼくは、この美しい村をどこで見たのか、一生懸命思いだそうとした。何度も思いだそうとしたが、むだだった。と、通りすがりの婦人に聞いてみた。

すみません、ここはなんという名の村ですか。

その女性はぼくを見て、ほほ笑んで言った。

「ようこそ、ここはエンザーよ」

［完］

世界のはじまりへの冒険――『サン・プミンピ』解説

福武　慎太郎

本書『少年は夢を追いかける』（原題：*Sang Pemimpi*）は、現代インドネシア文学を代表する作家、アンドレア・ヒラタのデビュー作『虹の少年たち』（原題は*Laskar Pelangi*）の続編として、二〇〇六年にベンテン・プスタカ社から出版された。二〇〇八年の『虹の少年たち』の映画化（日本での公開時のタイトルは『虹の兵士たち』）に続いて二〇〇九年、監督リリ・リザ、製作ミラ・レスマナの希代のヒットメイカーのコンビによって映画化（日本での公開時のタイトルは『夢追いかけて』）、主題歌は国民的ロックバンドのGigiが歌い、観客動員数一七〇万人を記録した。以来、版を重ね、二〇二〇年、大幅に改稿された四十五版が出版された。本書はその二〇二〇年版を底本とした全訳である。

大幅に改稿された二〇二〇年版「オリジナル・ストーリー」

『虹の少年たち』シリーズは当初、『虹の少年たち』（*Laskar Pelangi*, 2005）、『少年は夢を追いかける』（*Sang Pemimpi*, 2006）、『エンザー』（*Edensor*, 2007）、『マルヤマ・カルポフ』（*Maryamah Karpov*, 2008）の四部作であったが、二〇二〇年版では大胆に再構成され、『虹の少年たち（*Laskar Pelangi*）』、『少年は夢を追いかける（*Sang Pemimpi*）』『スズ採掘労働者の娘（*Putri Seorang Penambang Timah*）』の三部作になった。二〇二〇年版の『少年は夢を追いかける』は、旧四部作のうちの『少年～』と『エンザー』を大幅に改稿し、一冊にまとめたものである。『少年〜』の幾つかのエピソードがカットされているだけでなく細部にいたるまで細かな修正が入っている。『エンザー』については、その大部分がカットされ、最後のロシア、モンゴルへの旅の部分に物語のクライマックスが置かれている。

二〇〇六年版『少年は夢を追いかける』と二〇二〇年版のとくに大きな違いのひとつは、主要な登場人物であるイカル、アライ、ジンブロンのうち、ジンブロンにまつわるエピソードが大幅にカットされている点だろう。馬に異常な愛着を持つにいたったきっかけである米国のテレビドラマ『ローン・レンジャー』にまつわるエピソードや、ジンブロンの恋の話、イタリア人カトリック司祭が養育している孤児としての生立ちなどは新版では触れられていない。旧版はイカル、アライ、ジンブロンという三人の高校生が織りなす友情の物語と読めなくもなかったが、二〇二〇年版はイカルとアライの冒険の物語という側面をさらに強めた印象だ。

また、イカルたちのヨーロッパ留学記ともいえる『エンザー』の大部分が失われ、本作品に吸収されてしまったのも大きな変更である。原著でこれらの作品を読んだことのある読者のなかには残念に思われる人もいるかもしれない。しかし、これらの作品を通じてアンドレア・ヒラタが伝えたかった物語はしっかりと維持されていると思う。そして夢を追いかけ、青春を駆け抜けていく主人公たちの疾走感は、物語の後半がぎゅっと圧縮されたことによって、さらにテンポ良くその勢いを増して感じられる作品になっている。イカルの少年時代の物語である『虹の少年たち』が、どちらかというと「静」の物語とすると、高校生編の本作品はあきらかに「動」の物語だ。

貧困と教育の問題をどのように描くのか

主人公イカル（著者アンドレア・ヒラタ自身）が、虹の少年学園《ラスカル・プランギ》（旧版ではムハマディア小学校）を卒業し、従兄弟《いとこ》のアライと共に進学した高校生活が物語の中心である。物語はイカルの視点で進んでいく。アライはイカルにとって遠い親戚筋にあたり、幼少期に両親を亡くし、イカルの父母に引き取られ、以降はイカルと兄弟のように共に暮らしている。

哀しい過去を持ちながらもアライは太陽のように明るくイカルの家族を照らす。アライはつねにイカルを守る兄としてふるまい、どちらかというと何事にも悲観的なイカルを励ましながら冒険へいざなう存在である。『虹の少年たち』に登場するリンタンと同様、アライは数学に特異な能力を発揮するのだが、家の貧しさや親を亡くしたことは、アライの障壁とはならず、苦もなくすべてを乗り越えていく。その意味では物語における役割は、リンタンのそれとはまったく異なっている。

二〇二〇年版『少年は夢を追いかける』の冒頭の扉《とびら》でアンドレアは「書きたいことを書くのではなく、インドネシアの教育の正義のために、書かなければならないことを書いています」と述べている。インドネシアにおいて教育の機会はけっして均等に与えられているわけではない。奨学金制度は、本当に必要としている子どもたちに届いているわけではない。どんなに勉強を続けたくても、どれだけ優れた知性を持っていても、その機会を得ることができない子どもたちが大勢いる。結局のところ教育の格差は経済の格差であることをアンドレアは強く訴えている。

インドネシアにおける大学進学率はおよそ三十六％である。進学率は年々高まっているとはいえ、同じASEAN加盟国であるマレーシア（四十七％）やシンガポール（七十八％）と比べても低い数字である。さらにいえば、これには都市と地方の格差が考慮されていない。首都圏であるジャカルタ首都特別州での大学への粗進学率は九十五％である一方、物語の舞台であるバンカ・ブリトゥン州では十二・九％に過ぎない（STATISTIK PENDIDIKAN TINGGI 2020）。

それはもちろんインドネシア特有の問題ではない。政治哲学者マイケル・サンデルは『実力も運のうち　能力主義は正義か？』（早川書房、二〇二一）のなかで、アメリカにおけるメリトクラシー（Meritocracy，能力主義、功績主義）の偏重について批判している。メリトクラシーとは、家柄など生まれながらに地位が決定する前近代のアリストクラシー（貴族主義）に対し、能力や実力次第で評価される、近代化にともなって普及した社会のあり方だ。しかし現代アメリカにおいて、それは一部の経済的に優位にある家庭の子どもたちだけが恩恵を受けている。メリトクラシーは一部の有力な大学への入学に価値が置かれ、そうした大学に入学できるかどうかは、高額な学費、SAT（大学進学適正試験）準備コースやダンスや音楽のレッスン、ゴルフやテニスなどエリートスポーツのトレーニングの費用など、親の財力にかかっている。アイビーリーグの学生の三分の二が所得規模で上位二十％の家庭出身であることも、実際には能力によって評価される社会ではけっしてなく、経済力によって決められていることを裏づけている（サンデル 二〇二一）。学生たちは自分自身の実力と努力で大学への入学を勝ち取ったと思っているが、結局、良い教育を受けられるのは親の財力に依存しているのだ。当然、これはアメリカだけの現実ではなく、日本も含め、新自由主義的な風潮のなかで世界中に浸透した構造的な問題である。

インドネシアにおいてもメリトクラシーは極めて顕著である。インドネシアの富裕層の多くは、QS（Quacquarelli Symonds）世界大学ランキングの一〇〇位に入る大学のないインドネシア国内の大学は眼中にはない。ランキングのトップ10に入るオックスフォードやスタンフォードへの進学を富裕層の親たちは選択する。QSなど近年急速に浸透した大学ランキングのグローバル化は、メリトクラシーの皮をかぶった世界的なアリストクラシーの制度化ともいえる。

そのような今日のグローバルな教育ヒエラルキーの現実、そしてインドネシアの地方社会の教育事情を考えると、イカルとアライの冒険は奇跡のような物語である。そしてこれは実際に著者アンドレア・ヒラタが経験した実話に基づいている。貧しい労働者の息子であるアンドレア・ヒラタは、インドネシアでトップの国立大学であるインドネシア大学に進学し、英国のシェフィールド大学大学院で修士号を得た。その後、働きながら小説を書き、そのデビュー作が五百万部のメガ・ベストセラーになり、一躍時代の寵児になった。

学生時代のアンドレアが、経済的な事情を理由に、友人たちが次々と学校で教育を受けることをあきらめることを目の当たりにし、自分自身の置かれている境遇に絶望したのは事実であろう。どれほど能力が高く、意欲があっても、貧しい鉱山労働者の子どもたちにとって、どうにもならない現実がそこにはあった。労働者の子どもが大学に行き、さらにヨーロッパに留学するなど夢物語に過ぎない。イカルは、けっして能力に恵まれていたわけではなかった。一方で、能力があるからといってその能力を発揮できる環境が与えられるわけでないのも事実だった。

しばしば悲観し、絶望するイカルを叱咤激励し、強引に夢へと引っ張り続けるのがアライである。

マレー社会で、一族最後の生き残りをシンパイ・クラマットと呼ぶ。そのシンパイ・クラマットであるアライは、ロウソクの最後の灯火のように、勢いよく燃え続ける。アライはイカルに言う。「夢を追いかけるんだよ、神さまはきっとその夢を抱きしめてくれるから」。アライはイカルにとって、絶望的な状況のなかで励まし続ける守護天使のような存在ではないだろうか。本書を通じてアンドレアは、夢は必ずかなうと無責任なことを言っているわけではない。しかし絶望することなく夢を追い続けることは、私たちにとっての希望なのだとアンドレアは言っているのだ。

「世界のはじまり」への冒険

夢を追う者《サン・プミンピ》としてのアライの冒険の目的地は「世界のはじまり」である。物語のなかでアライは、下宿の壁に世界地図を描き、冒険の目的地は「世界のはじまり」であるとイカルに告げる。冒険というのは普通、「世界の果て」を目指すのではないかとイカルは反論するが、アライは、自分たちの住んでいるところが「世界の果て」なのだと言い、イカルがはっとするのが面白い。

そしてその世界のはじまりを、ヨーロッパではなく、地名の読み方もわからないロシアとモンゴルの国境の地にアライは定める。二〇〇六年の初版の『少年は夢を追いかける』では、パリのソルボンヌを目的地としていた印象を受けるが、二〇二〇年版ではヨーロッパはあくまで通過点に過ぎない。アライとイカルが目指すのはロシアとモンゴルの国境なのだ。多くのインドネシア人にとって憧れの場所はヨーロッパやアメリカであり、富裕層の子どもたちは、欧米の大学ランキング上位校を目指す。アンドレアは、イカルとアライの冒険をそのようなメリトクラシーの頂点を目指すところに置いていない。二〇二〇年版が、編集担当者の要求に応える前の、本当に書きたかった「オリジナル・ストーリー」であるとアンドレアが主張する所以であろう。そしてアライにとって目的地に辿り着くことが夢ではない。目標に向かって走り続けること、それがアライにとっての夢であることが、物語が終盤に近づくにつれて明らかになる。

父と子の物語

イカルに学業の継続、留学への推進力を提供しているのはアライだけではない。イカルの父親もまた、イカルが学問へと向かう重要な動機を与えている。イカルの父は、小学校すら卒業していない錫《スズ》採掘労働者である。ほかの労働者の男たちと同様に、当初は息子のイカルたちに教育が必要であるとは考えていなかった。しかしイカルたちの学校の教師の説得を受け、またイカルたちの学ぶことへの意欲を目の当たりにし、イカルたちを自分のできるかたちで応援するようになる。

イカルたちを応援する気持ちがもっともあらわれるのが、イカルとアライの学校の成績授与式に自転車で向かう場面である。学校の式典を父親はもっとも重要な行事と考えており、前日には必ず理髪店で髪を整え、妻の仕立てたサファリシャツを着て、自転車で数時間かけて学校へと向かう。

父親は無口で、声を荒げて怒ることもなく、いつも優しく二人の息子を見守っている。息子たちに自分自身の生き方や価値観を押しつけるわけでもなければ、かなわなかった自身の夢を子どもたちに託しているわけでもない。イカルが悲観的になり成績が落ち込んでしまったときにも、失望したりするわけではなく、おだやかに無言でイカルを励ます。そんな父の背中を見てイカルは、父を悲しませるようなことは二度としないと心に堅く誓う。

学歴がないことでイカルの父は会社から不当な侮辱を受けることになる。教育など必要ないと思っている鉱山労働者が大半の会社においても不毛な学歴主義が浸透している。イカルにとってその出来事は、心に深く刻まれたトラウマとなっている。しかしイカルは父のような恥ずかしい思いをしたくないと思って学問へと向かっているのではない。そうではなく、大好きな父を傷つけた学歴主義への怒りが、復讐心となって進学の動機の一つとなっていたのだ。

そうしたネガティブな感情は、ひとたび壁にぶち当たると、結局自分も父親と同じ運命にあるのだと絶望へと転化する。しかし、けっして会社を恨んだり、自分の境遇を卑下したりしない、むしろ会社のほかの職員への気遣いを見せる父の姿を思い出し、イカルは自身の境遇を恨む自分自身のあり方を反省するのである。

訳者の個人的なことを書くのをお許しいただきたい。私の父はもう引退したが、梱包機器などの修理販売をおこなう自営のエンジニアだった。本当は大学に進学し、好きな文学や外国語の勉強をしたかったのだが、親の事情で工業高校へ進み、卒業後にすぐに就職した。

父の書棚には世界文学全集のほか多くの小説が並んでいた。父の仕事の手伝いで取引先に向かう車に乗ったとき、父はいつもＮＨＫの英語のラジオ講座を聴いていたのを思い出す。二十六歳のときに父は内閣府の青年海外派遣事業に採択され、ヨーロッパを訪れている。シベリア鉄道でロシアを横断し、ヨーロッパ各地を周遊した。そうした縁もあり、私が小学生の頃、父は中米や東南アジア出身の若い人々をホームステイで何度か受け入れていた。

就職してから父は大学で学びたいと思い、夜間コースに通っていたことがある。しかし学歴のことで侮辱を受けるようなことがあり、途中でやめてしまったと母から聞いたことがある。

なぜ父は私に家業を継ぐように言わないのか、子どもの頃いつも不思議に思っていた。他方で勉強しろとうるさく言われたこともなかった。しかし、いまこうして小説の翻訳をしたり、大学で異文化理解に関わる研究や教育を仕事とするようになって、知らず知らずのうちに、父の生き方を継いでいたのだということに気づいた。アンドレアほど必死に勉強してきたわけではないし、達成したことも遠く及ばないが、本書を訳しながら自分自身の父に思いを馳せないわけにはいかなかった。そしてイカルことアンドレア・ヒラタもまた、父の生き方を継いでいるのだと私は思う。

日本語タイトルについて

日本語版のタイトルについてはずいぶん悩んだ。原題の〝サン・プミンピ（Sang Pemimpi）〟は英語ではDreamerである。日本語では夢想家と訳されることが多いかもしれない。どちらかというと否定的な意味合いが強い言葉であるが、文学的にはポジティブな含意を持って使用されるのは、どの言語でも同様だろう。

Pemimpiは「夢を見る人」の意味で、Sangというのは尊称である。マレー社会の片隅に突として誕生した夢を追いかける冒険家、アライに対する敬意とあこがれが、このタイトルに込められている。アライという守護天使なくしては、イカルひとりだけで島を飛び出す勇気などなかっただろう。そのような意味を日本語タイトルに反映させられなかったのは残念だが、少年たちが青春を駆け抜け、運命をはねのけ突き進んでいく疾走感をタイトルに込めたかった。

共訳者の久保瑠美子さんにはずいぶん待たせてしまったことのお詫びと、感謝の言葉をあらためて申し上げたい。今から十数年前、本書を手に持ち少し興奮気味に私の研究室を訪ねてきたのは彼女だった。本作品の魅力を語り、この本は翻訳されるべき作品だと熱く語ってくれた。すぐに二〇〇六年版の前半部分を翻訳してくれたのだが、翻訳出版への道筋をなかなかつけることができなかった。ようやく今回このように日本語版を刊行することができ、ほっとしている。そして〃サン・プミンピ〃との出会いを与えてくれたことに心からお礼を申し上げたい。アンドレア・ヒラタの小説のなかで、ひょっとしたら一番愛されているかもしれない本作品と、少しでも多くの人々の出会いに寄与できればと願っている。

翻訳出版の機会を与えてくれた上智大学出版編集委員会の皆さん、そしていつも丁寧に原稿をチェックしていただき、的確なアドバイスをしてくださる株式会社ぎょうせいの編集担当者と校正部の皆さんに、心より感謝申しあげます。そして今回も『虹の少年たち』に引き続き、デザイナーの田中未来さん、イラストレーターの坪島康夫さんにカバーデザインを担当していただいた。いつも素敵なデザインを提案してくださるので、次回作ではどんなデザインを考えてくださるのだろうとすでに楽しみにしています。

【著者】

アンドレア・ヒラタ（Andrea Hirata）

インドネシア・ブリトゥン島の錫（すず）採掘労働者の町で生まれ育つ。国立インドネシア大学経済学部を卒業後、英国シェフィールド・ハラム大学大学院で経済学修士号を取得。その後インドネシアに戻り、電気通信会社テレコムセルに勤務。2005年に『虹の少年たち（Laskar Pelangi）』で小説家としてデビュー。『虹の少年たち』は国内販売部数500万部を超えるベストセラーとなり、海外でも19言語に翻訳されている。著書に本作のほか、『虹の少年たち』完結編である『スズ採掘労働者の娘（Putri Seorang Penanbang Timah）』（邦訳近刊予定）ほか多数。

【訳者】

福武慎太郎（ふくたけ・しんたろう）

上智大学総合グローバル学部教授。専門は文化人類学、東南アジア研究（東ティモール、インドネシア）。

主著に、『グローバル支援の人類学―変貌するNGO・市民活動の現場から』（共著、昭和堂、2017年）、『平和の人類学』（共著、法律文化社、2014年）など。訳書に、アンドレア・ヒラタ『虹の少年たち オリジナル・ストーリー』（共訳、上智大学出版、2022年）、ディー・レスタリ『珈琲の哲学 ディー・レスタリ短編集』（共訳、上智大学出版、2019年）など。

久保瑠美子（くぼ・るみこ）

インドネシア・ジャカルタ生まれ。上智大学大学院グローバルスタディーズ研究科地域研究専攻博士前期課程修了（ジャワの異性装芸能について研究）。在インドネシア日本国大使館、ASEAN日本政府代表部、国際交流基金ジャカルタ日本文化センター等勤務を経て、現在ジャカルタ在住。

インドネシア現代文学選集 4

少年は夢を追いかける

2023年4月10日　第1版第1刷発行

著　者：アンドレア・ヒラタ
訳　者：福武　慎太郎
　　　　久保　瑠美子
発行者：佐久間　勤
発　行：Sophia University Press
　　　　上智大学出版
　　　　〒102-8554　東京都千代田区紀尾井町 7-1
　　　　URL：https://www.sophia.ac.jp/

制作・発売　㈱ぎょうせい
〒136-8575　東京都江東区新木場 1-18-11
URL：https://gyosei.jp
フリーコール　0120-953-431
〈検印省略〉

印刷・製本　ぎょうせいデジタル㈱
ISBN978-4-324-11267-0
（5300327-00-000）
［略号：（上智）夢を追いかける］

Sophia University Press

上智大学は、その基本理念の一つとして、
「本学は、その特色を活かして、キリスト教とその文化を研究する機会を提供する。これと同時に、思想の多様性を認め、各種の思想の学問的研究を奨励する」と謳っている。

大学は、この学問的成果を学術書として発表する「独自の場」を保有することが望まれる。どのような学問的成果を世に発信しうるかは、その大学の学問的水準・評価と深く関わりを持つ。

上智大学は、(1) 高度な水準にある学術書、(2) キリスト教ヒューマニズムに関連する優れた作品、(3) 啓蒙的問題提起の書、(4) 学問研究への導入となる特色ある教科書等、個人の研究のみならず、共同の研究成果を刊行することによって、文化の創造に寄与し、大学の発展とその歴史に貢献する。

Sophia University Press

One of the fundamental ideals of Sophia University is "to embody the university's special characteristics by offering opportunities to study Christianity and Christian culture. At the same time, recognizing the diversity of thought, the university encourages academic research on a wide variety of world views."

The Sophia University Press was established to provide an independent base for the publication of scholarly research. The publications of our press are a guide to the level of research at Sophia, and one of the factors in the public evaluation of our activities.

Sophia University Press publishes books that (1) meet high academic standards; (2) are related to our university's founding spirit of Christian humanism; (3) are on important issues of interest to a broad general public; and (4) textbooks and introductions to the various academic disciplines. We publish works by individual scholars as well as the results of collaborative research projects that contribute to gen-eral cultural development and the advancement of the university.

Sang Pemimpi
Original Story

by Andrea Hirata

translated by Shintaro Fukutake and Rumiko Kubo

published by Sophia University Press

production & sales agency : GYOSEI Corporation, Tokyo

ISBN 978-4-324-11267-0

order : https://gyosei.jp